MA MOITIÉ D'ORANGE

JEAN-LOUIS BORY

MA MOITIÉ D'ORANGE

JULLIARD
8, rue Garancière
Paris

ISBN 2-260-00665-5

... l'idée fixe produit les miracles des évasions et les miracles du sentiment.

Le Cousin Pons, Balzac.

AVANT-PROPOS

En 1971, l'interruption par un groupe informel d'une émission de Ménie Grégoire consacrée à « L'homosexualité, ce douloureux problème » (!) signe l'acte de naissance du F.H.A.R. (Front homosexuel d'action révolutionnaire) dont l'un des principaux meneurs sera Guy Hocquenghem. En 1974, le F.H.A.R. meurt de sa belle mort mais lui succèdent presque aussitôt les Groupes de liaison homosexuels (G.L.H.) qui resteront actifs à Paris et dans plusieurs villes de province à peu près jusqu'à la fin de la décennie.

Il n'est pas une relation de l'émancipation des homosexuels français — la fameuse « sortie du placard » — qui ne s'ouvre sur ces deux dates, considérées comme historiques. Entre elles deux, pourtant, il en est une troisième dont on peut se demander, avec le recul, si elle n'a pas davantage contribué à changer les mentalités — et d'abord le regard des homosexuels sur eux-mêmes : c'est, en janvier 1973, la publication de *Ma moitié d'orange* dans la collection Idée fixe dirigée par Jacques Chancel. Porté lui aussi par la vague optimiste de l'après-68, Jean-Louis Bory confessait sur la place publique ses penchants privés dans l'espoir d'arracher pour tous « le droit à l'indifférence ».

Certes, l'épopée F.H.A.R.-G.L.H. a mûri quelques fruits — l'hebdomadaire *Gai Pied*, même au prix de quelques changements de cap, en est le plus persistant — mais le discours militant des années soixante-dix a vite vécu. Non pas qu'il ait remporté tant de victoires qu'il n'ait eu d'autre choix que de se désarmer, mais parce qu'il a succombé à l'impuissance de sa logorrhée. Le génie de la phraséologie gauchiste était de n'avoir aucune prise sur la réalité sociale ni sur le vécu des contemporains. C'était d'autant plus surréaliste qu'on touchait avec l'homosexualité un domaine « vital ». Au surplus, le dogmatisme s'est toujours apparenté à une vaste entreprise de deuil et de désolation. Bory, parce qu'il était la vie même — jusqu'à mourir d'être trop passionné —, n'est jamais tombé dans ce piège de l'anathème stérile. Le combat militant était « contre » : contre la morale bourgeoise, contre l'oppression, contre la répression, contre l'éducation... Le combat de Bory était « pour » : pour *« les lendemains qui baisent* » ou « *qui roucoulent* », pour la fraternité, pour l'acceptation de son corps, pour « *voir la lumière se lever dans les visages* ».

Sa grande trouvaille est d'avoir ressuscité et détourné une expression patoisante au profit de son « idée fixe ». En 1973, pour paraphraser la savoureuse formule de Dennis Altman, l'amour qui n'ose pas dire son nom était déjà en grand danger de devenir la névrose qui ne sait plus se taire ; alors qu'il aurait été si simple de s'en tenir à la « *définition sucrée* », chaude et rassurante, que proposait Bory.

Comment et pourquoi voulez-vous culpabiliser pour une orange, fût-elle réduite de moitié ? Et on remarquera au passage que cette astuce lexicographique a dispensé Bory d'utiliser une seule fois dans son livre le terme « scandaleux » d'homosexuel, inventé au siècle dernier par des médecins pour cautionner de leur art (!) une exclusion sociale et morale.

La moitié d'orange a cet autre avantage de désamorcer les provocations malséantes : « Tenez, je vous présente ma moitié d'orange » est une expression qui convient à toutes les situations et fait l'économie du « cousin » ou du « copain de régiment » qui ne trompent jamais personne.

Si le procédé est un peu farce — reconnaissons-le —, « *c'est qu'il faut jouer au clown pour un public que les grandes idées ne touchent que lorsqu'elles deviennent spectacle*». Seize ans après, la réflexion vaut toujours : n'est-on pas allé jusqu'à organiser un carnaval de rubans blancs pour pleurer les accidentés de la route ?

Mais Bory avec sa moitié d'orange paraissait si primesautier qu'il était tentant de le soupçonner de légèreté. Beaucoup ne s'en sont pas privés. Roland Jaccard, dans *Le Monde*, avait expédié sa « critique » en quinze lignes sous prétexte que le livre était « vite écrit, vite lu et vite oublié ».

Vite écrit ? Voire ! Bory avait, comme on dit, des « facilités de plume » et c'était un beau parleur : « *Verbe et verve me tiennent lieu de charme.* » Mais de quelles mûres réflexions, de quelles inquiétudes légitimes sortit finalement vainqueur sa *Moitié d'orange* ? Le cache-cache incessant qu'il fait avec son sujet, le feutré des mots prouvent assez que l'enjeu de ce livre était pour lui d'une gravité particulière. En 1973, Bory est au faîte de sa notoriété : critique redouté et adulé, intellectuel-de-gauche combatif, pétitionnaire inlassable, c'est un homme public. Et le voilà qui se colle une nouvelle étiquette, dérangeante, qui menace d'éclipser toutes les autres : « pédale de choc ». *La Peau des zèbres*, publiée en 1969, entretenait au moins l'illusion de la fiction. Mais cette fois, plus de doute, l'auteur plaide *pro domo.* Dès lors *Minute* ne le loupera plus. Si ce n'était que ça — il est des haines qu'il est salutaire de s'attirer —, mais sa mère, son frère, sa famille ne risquent-ils pas d'être malmenés ? Lui-même, comment sera-t-il désormais considéré dans son village de Méréville ? Les « années Pompidou » ont été marquées par une série de coups de boutoir contre l'ancien code moral. C'était notamment l'époque de la bataille pour l'avortement. Mais la bêtise et l'intolérance prenaient encore trop souvent le dessus. Lorsque paraît *Ma moitié d'orange*, la France est en pleine affaire Mercier, du nom de ce professeur de philosophie inculpé d'outrage aux bonnes mœurs pour avoir accepté de commenter dans sa classe un tract — le fameux tract dit « du Docteur Carpentier » — appelant à la libération de la sexualité. Un document qui disait notamment — ô outrage : « En toute pratique sexuelle, ce qui compte, c'est le désir qu'on en a et le plaisir qu'on y trouve. »

Bory a été professeur (de lettres classiques) pendant quinze ans. Et sur le chapitre de son idée fixe il s'était toujours montré très discret devant ses élèves. N'étant plus enseignant, sa liberté de parole est accrue, mais pour enfin parler de sa moitié d'orange il a retrouvé de son ancien magistère l'habitude de convoquer les grands auteurs pour étayer son propos : Montaigne, Proust... et bien sûr son cher Balzac. Lequel avait dispersé nombre de moitiés d'orange dans sa *Comédie humaine*. Bory récapitule et jubile de décrypter pour nous les perversions que dissimulaient à demi-mot telles expressions appliquées à Vautrin ou Rubempré : « *Ces coquetteries stylistiques avaient été dictées par la prudence, mais nous n'en sommes plus là aujourd'hui.* » Pourtant, lui-même, dans un essai sur « Balzac et les ténèbres » publié en 1947 à La Jeune Parque, s'était montré autrement prudent sur le chapitre des ténèbres sexuelles. Il lui a donc fallu presque vingt-cinq ans pour parler sans danger de moitiés d'orange. Est-ce trop vite ?

Vite lu ? Dévoré même ! Ce devait être au début de 1977, un camarade de lycée m'avait proposé de me prêter le livre de Bory — furtive connivence. Je l'ai lu, d'une traite, en classe d'anglais, persuadé dès les premières lignes qu'il renfermait la clé capable d'ouvrir les portes que la loi du plus grand nombre fermait à beaucoup. Cette clé, elle brillait en son exact milieu, sous la forme d'un sermon adressé à Bory jeune étudiant par son père : « *Qui ou quoi que tu sois, n'aie pas peur. Si tu ne fais de tort à personne, tu n'as pas à en rougir.* »

Tout était dit. Il n'en fallait pas plus pour être réconcilié avec soi-même. Cette phrase avait décidé de la vie de Bory, et parce qu'il avait eu le courage et la générosité de la répéter publiquement elle allait décider de celle de combien d'autres ? En 1989 comme en 2050 ce sera toujours un viatique suffisant.

On comprend qu'avec pareille religion Bory ait pu dire : « *Je n'ai pas le goût du péché.* » Cela aussi on le lui a reproché. Et c'est Jaccard encore qui en a profité pour faire une sotte comparaison avec le talent et l'univers de Julien Green. Green est un immense écrivain, la cause est entendue, mais les plaisirs littéraires qu'il nous prodigue ne sont pas des armes pour la vie. Et que vaut le goût frissonnant du péché quand il s'agit d'affronter l'insupportable réalité du Sida ? Pour notre bonheur, nous avons eu Green *et* Bory, mais je me serais accommodé de Bory sans Green.

Vite oublié ? Impossible. Car même les sectateurs de la moitié de pomme — d'Adam ou d'Eve — ne pouvaient pas — ne peuvent pas — ne pas être émus par la sincérité du témoignage. Bory ouvre son cœur et commente la visite. Elle débute sur les souvenirs de jeunesse, ces années passées à côté (et non au côté) d'un frère si exactement différent de lui : (« *Nous deux c'était pode et antipode* »). Elle se continue avec ces pages admirables, trop courtes à notre goût, sur le personnage étonnant du père. Elle s'achève enfin par le portrait sans concession, « *sans amertume* » non plus, de l'auteur devant sa glace : cicatrices, faux plis du menton, cheveux envolés... et sur tout cela le lent travail de sape de la vieillesse. Six ans avant de s'effacer volontairement, Bory redoutait déjà ce moment « *où la solitude n'est plus une fête* » et — on aurait dû s'inquiéter — il saluait Montherlant.

Eternel cliché qui se porte comme une tunique de Nessus : le trublion espiègle, le Parisien frivole qui se serait damné pour le plaisir d'un bon mot était un écorché, un funambule toujours en péril de se retrouver « *les mandibules dans la sciure* ».

Mais, au fond, nous qui n'étions pas ses intimes mais qui chérissions les rendez-vous qu'il nous donnait dans *le Nouvel Observateur* ou au *Masque et la plume*, nous savions bien la générosité du personnage. Sa tendresse, aussi, qui spontanément nous faisait l'appeler : Jean-Louis.

Daniel Garcia.

A

Mon père se prénommait Louis. Ma mère se prénomme Jeanne. Le temps des verbes éclaire : j'ai perdu mon père, ce qui s'appelle perdre, comme on perd un trousseau de clefs, et certaines portes en effet ne s'ouvrent plus ; j'ai gardé ma mère, je la garde, c'est une de mes chances.

Jeanne, Louis. Logique, non ? si le doux fruit de leur union se prénomme Jean-Louis.

Ma mère espérait une fille. Pour obtenir enfin la poupée idéale dont rêvent les gamines. L'« en chair et en os » qui bat des cils, couine, fait pipi, dit papa-maman, sans recours à une machinerie désenchantante. Cette fille indubitable, on la baptiserait Denise. Ma mère, habitée de ce têtard qui allait devenir moi, rêvait, les doigts dans du ruban rose.

Il fallut virer soudain du rose au bleu. Changement de dragées, plutôt brutal. Le chiendent, c'est qu'il est resté du rose en moi. Caché profond, au plus obscur, dans cette nuit tiède où l'incertitude entre le bleu et le rose se prépare à jouer les plus vilains tours. Les rubans des robes de baptême s'y font serpents, lianes, lassos, tout un arsenal de lacets, rets et résilles, fils et cordes, bandelettes, qui, dans une moiteur complice de jungle intime, embobinent telle ou telle partie de l'être, ligotent ce geste, actionnent cet autre d'une imprévisible momie que son embaumement inachevé, toujours en cours, loin de paralyser, agite et dont la gesticulation dérange.

La découverte, dans la topographie de ma toute neuve personne, d'un détail surnuméraire non prévu pour le paysage, ne tua pas Denise. Virilisée in extremis, elle figure dans mon identité sous la forme de ce prénom superfétatoire, l'inusité, pire : l'inutilisable, celui qu'on ne souligne pas dans les passeports. *Jean-Louis* Denis. C'était concéder à la fausse momie ce bas bout de table où l'on case le cousin pauvre, le parent qu'on a failli oublier, ou dont on rougit et que l'on craint de voir se tenir mal.

N'empêche : Denise est là. Petite bonne femme vit encore. Non plus travesti condamné à l'humilité par le grand jour policier des contrôles d'identité, mais clandestine odalisque que j'imagine ivoirine et pourtant spongieuse, de cette flaccidité élastique des champignons proliférant au fond des cavernes. Dans mes pires moments de faiblesse ou de fatigue, je la sens qui se lève, plus moelleuse que molle. Sournoise, elle sort de ma nuit.

B

Jean-Louis Denise poussa seul pendant dix-huit mois. On me pardonnera le flou de ma mémoire : je me rappelle peu si cette solitude me pesa. Des photos secourent mes souvenirs sans images.

Sur une fourrure blanche à poils longs façon ours polaire mué en descente de lit, un très petit bout d'homme, déjà fort dégagé du paquet de viande originel : ce menu bestiau pissouillard et chougneur sur lequel (alors qu'il n'existe rien de plus ravissant qu'un chaton, un chiot, un poussin ou même un alevin, tout de translucidité délicate) j'ai toujours trouvé indécent que des adultes, surtout quand ils n'ont pas l'excuse d'en être responsables, gâtifient d'adoration béate, rivalisent de guili-guili consternants. La bestiole, donc — moi, nu comme la main. La fesse ingénument provocante ; le sourire expectatif ; dans l'œil une lumière guillerette — je suppose aujourd'hui que les poils de l'ours me chatouillaient le ventre. O parents imprudents, à mille lieues d'imaginer que pareil chatouillis à pareil âge puisse déterminer les fièvres de l'adolescence, les hantises, voire les crimes ! de l'homme mûr, les salacités héroïques du vieillard. Gilles de Rais, Sade, Landru, Tamerlan, Jeanne d'Arc, Napoléon, Alexandre, Sartre et Michel-Ange ont peut-être connu, en la tendreté du premier âge, un chatouillis plus discret encore que ma caresse d'ours, le chatouillis s'est grossi en démangeaison, la démangeaison en prurit, et le prurit enfin — nous y voilà ! — en idée fixe et quelle ! on connaît les suites.

Autre photo. La bestiole a forci. En une aspiration gloutonne, elle s'arrime buccalement au bien beau sein d'une bien jolie dame, qui est ma mère. Là non plus, le regard, rapetissé jusqu'au non-être par une jouissance dont je rougis de diagnostiquer le matérialisme sans mélange, ne témoigne guère l'angoisse de la solitude. J'apparais au contraire satisfait au possible de me trouver à la tête, si j'ose dire, de deux seins dont j'ai eu le loisir d'user en une alternative balancée qui devait ajouter un je-ne-sais-quoi de rythmé à ma volupté d'être.

Bref, cette solitude prit fin, j'avais dix-huit mois. Salut à Jacques-Maurice-Robert, mon frère. Un garçon, et désiré comme tel. Pas de Mauricette, Jacqueline ou Roberte à enfouir, après strangulation par cordon ombilical, dans son sous-sol, cadavre en hâte expédié dont on ne soupçonne l'entêtement à survivre qu'avec le temps, à la palpitation d'une fongosité secrète.

Impossible de fabriquer un garçon plus différent de moi que mon frère. C'était (c'est toujours) pode et antipode. Jamais de dispute pour les jouets de Noël. L'équilibre scrupuleux ménagé par les parents, comme si le Père Noël avait, dans la hotte de son âne, transbahuté une balance Roberval (le même poids de livres sur chaque plateau, le même faix de soldats de plomb ou de Meccano), nous le démantibulions, allègres, le matin même de la découverte heureuse, en chemise et sans discussion : soldats, trains, autos, Meccano, jeux de construction, hop ! à mon frère ; je raflais tout ce qui était livres, albums, décalcomanies, boîtes de peinture, poupées et puzzles. Deux régiments de chasseurs alpins contre *l'Ile mystérieuse* (la grosse rouge et or de chez Hetzel) : l'échange allait de soi. A ce petit jeu-là, et à ces jeux, notre dissemblance initiale s'affirma. Mon frère devint de plus en plus l'homme de l'adresse manuelle, de la précision mécanique, de l'expérience et du calcul, de la règle et du chiffre — pode. Je fus l'homme du flou, des approximations gracieuses, du voyage imaginaire, du monologue dramatisé en dialogue fictif (avec les poupées), des évasions immobiles, des mensonges fascinants, des vertiges et du songe — antipode. C'était aussi tranché que ça : noir et blanc.

Un jour, un après-midi (soyons précis), il faisait très beau, très chaud (mais que sont devenus ces étés ? il n'y a plus de saisons), Jacques et moi, en barque sur la rivière, nous nous étions glissés sous le pont du moulin pour pénétrer en fraude dans le parc du château. Parc à l'abandon. A travers la ramification de l'eau en bras conduisant à des étangs et à des cascades composés en harmonie avec des grottes et des arches de rocaille, la rivière avait redessiné son vrai cours ; la vase et les roseaux s'occupaient des bras morts ou mourants, ils effaçaient l'artifice. Prudence chez mon frère, envoûtement chez moi : nous gardions le silence. Portée par la vivacité de l'eau, la barque, sans un coup de rame, entra sur le grand lac puis ralentit sa dérive en une courbe qui, bientôt, nous immobilisa — nous suspendit — au-dessus de trous glauques, d'où montaient des herbes en lanières, sans bulle ni passage de poissons, sans balancement ni ondulation, comme pour répondre par leur immobilité à l'immobilité de la barque et au silence du parc abandonné. Chaque soir, à table, nous racontions nos exploits du jour. Je venais de dénicher je ne sais plus où le mot « abysse ». Me voilà parti : la vase, les roseaux, l'insidieux travail du sous-bois supprimant les coquetteries du parc à l'anglaise, le ciel dans le lac — les *abysses*. « Quelle gourde ! des creux d'un mètre vingt ! »

Mon frère, c'était la rectification permanente. Le garde-fou. Il me gardait. Il continue. C'est lui l'aîné. Raisonnable, cartésien. Se conduisant comme il faut. Pensant comme il faut. Il n'a pas menti au Meccano et aux trains électriques du Père Noël. Les gamins de la barque immobile avaient entre huit et dix ans, tous deux ont aujourd'hui passé le demi-siècle, quel changement ? je persiste à voir des abysses, ou des cimes, un peu partout ; mon frère les ramène, oui, comme par la main, à des mesures exactes. Professeur agrégé de pharmacie, pharmacien des hôpitaux de Paris, docteur en médecine, c'est un savant, un vrai. Mieux : un bricoleur de talent. Aussi capable d'installer chez lui le chauffage central par air pulsé que de réparer le poste de T.V. ou la machine à laver. Alors que moi, les objets ! Il suffit que je regarde un commutateur pour provoquer un court-circuit, les clous m'échappent, les verres se renversent dès que j'approche, j'ai les mains de beurre, tout tombe, tout culbute. Maladresse que la distraction aggrave et dont je n'avais plus qu'à faire — c'était ma seule ressource — une pose, un mini-snobisme, et un prétexte pour me dérober aux tâches barbantes.

Valable, rentabilité, efficience : ce sont les mots de mon frère, ils appartiennent peu à mon vocabulaire. Positif, voilà, mon frère est un esprit positif. A ses yeux les « artistes » sont des zozos. Ils passent leur temps au petit jeu bien connu « tu es vessie je te fais lanterne », bel attrape-gogos, vessie est la vessie et la lanterne lanterne. C'est dans l'ordre, pas question de remettre cet ordre en question. Assuré de la vesséité des vessies et de la lanternité des lanternes, mon frère est un respectueux. Donc respectable. Donc respecté. Cela aussi dans l'ordre et c'est fort bien ainsi. Avec une affection résignée, qui cache mal une condescendance souvent agacée, il accepte en moi le clochard intellectuel, le (brillant ?) idiot du village, comme un veau à cinq pattes qu'il urge d'entourer d'une surveillance sans doute discrète, néanmoins vigilante. Etant donné son échelle de valeurs (expression admirable : sans respect de ces valeurs, pas d'escalade vers le barreau du haut) et vu que la majorité de nos concitoyens usent de la même échelle, mon frère a raison.

Cher frère. Il n'a pas renoncé à me faire la leçon, pourtant conscient de la vanité de son effort. Nous nous adorons. Comme chien et chat — trop avertis de nos différences pour juger utile la controverse. Il chasse, je hais la chasse, prêt à faire mienne cette affirmation de je ne sais plus quel philosophe dogmatique : « Tous les chasseurs sont des cons » ; nous ne parlons jamais de chasse, je ne vois plus ses fusils, je vois mal son chien. Je connais peu ses travaux, il n'a pas lu une ligne de moi — sans doute pour pouvoir continuer à m'aimer sans s'exaspérer en vain. En politique ? Pas du même côté de la barricade, mais alors pas du tout : c'est quelqu'un de bien. Tout petit, il a tout de suite voulu quitter l'école des filles, dont ma mère était la directrice. Pas moi. Jusqu'à huit ans je me suis accroché aux jupes de maman et de Mlle Picou, mon institutrice. Et puis, chez les « quilles », le mur de la cour de « récré » était, en juin, plein de giroflées.

C

Comme dirait mon ami Balzac : les réflexions autobiographiques qui précèdent apportent au lecteur les quelques explications nécessaires à la compréhension des considérations qui vont suivre. Le lecteur aura saisi, et il retiendra, j'espère, que le débarquement sur cette terre, dix-huit mois après moi, d'un Jacques-Maurice-Robert Bory, s'il m'apportait un frère, ne m'apportait pas une âme sœur. Fin de mon isolement, pas de ma solitude.

Idée fixe, est-ce bien l'expression convenable ? *Fixe* me gêne. L'idée m'apparaît alors comme un désir *fixé* par l'ignorance propre aux natures primitives et par la brutalité de ce désir même. Brasier figé, feu immobile : c'est celui de la folie, ou de la monomanie. L'idée fixe n'est pas passion monomotrice, comme celle de l'avare pour son or ou du philatéliste prêt à tuer père et mère pour le beau bleu d'un certain dix centimes de l'île Maurice. Le propre de l'idée fixe, c'est d'être mobile. Elle remue, disparaissant ici pour mieux reparaître là, avec une agressivité armée par l'effet de surprise. Toute en trompeuses évanescences. En résurgences inattendues. Comme le furet de la chanson. Elle pointe son museau de sauvagine alerte sous mille et une fourrures. Mais ne montre pas toujours le bout de l'oreille. Ne dort jamais que d'un œil. Pour elle l'an n'a pas d'hiver. Ou c'est une pseudo-hibernation dont la tirent, l'œil allumé, l'oreille dansante, le museau frisé sur la mince blancheur aiguë des quenottes, la plus légère sollicitation d'une odeur, le plus menu des souffles tièdes, et ça y est ! Pareille au renard que le jeune Spartiate dissimulait sous sa tunique et qui lui rongeait le ventre, l'idée fixe, ses quenottes devenues belles dents, creuse à coups de mâchoires sa percée vers le jour.

Cette sauvagine fouit son terrier en nous

dès notre premier cri. Avant même. Dès la toute première seconde de ma vie : celle où un spermatozoïde de mon papa heurta un ovule de ma maman — que sait-on de l'hérédité dans la naissance de l'idée fixe ? J'imagine un chronomètre déclenché à cette seconde-là. Tic-tac, tic-tac, tic-tac. Je vois la sauvagine, ses pattes, son museau, ses quenottes. Comme ça y va ! Elle ne s'arrêtera qu'avec le chrono. Fin de comédie, fin de partie.

Et fin du scandale. L'idée fixe apporte toujours le scandale. S'avance-t-elle sur le théâtre des opérations ? elle occupe tout le devant de la scène, sans rien abandonner des coulisses. Attention, énergie, raisonnement, mémoire, imagination, sensibilité, sensations, elle les monopolise. Si elle ne désarme pas la volonté, elle la détourne à son bénéfice. Elle bouscule les autres idées, ôte-toi de là que je m'y mette. Faute de les supplanter, elle se les subordonne. Mobilisation générale, et pour l'idée fixe la mobilisation c'est la guerre. Bref, contrairement à ce que l'épithète *fixe* donnerait à supposer, c'est le désordre. Je me demande si mon frère a une idée fixe.

D

Trouver l'âme sœur. Oh je sais. L'expression paraît so-sotte, un peu cucul la praline. Elle puotte un encens mi-souk mi-sacristie. Effusion, diffusion, confusion, commodément immatérielles, s'y embrouillent pour une communion à la frontière d'un mysticisme flou. On s'y mélange dans du nuage. J'y redéniche le rose, le rose des roses roses, de ces roses-choux (d'où naîtra quoi, une fille côté rose, côté chou un garçon ?) que je m'alarme de ne plus trouver dans les jardins et qu'on épétalait, quand j'étais petit, sur le chemin des processions. Voilà pourquoi j'ai préféré remplacer *âme sœur* par *un autre comme moi*.

C'est à partir de cette correction que tout se complique. Et partout : sur tous les plans, à tous les niveaux (comme on dit aujourd'hui). Les conséquences en ont, dans le secret ou en plein jour, modelé ma vie, mes avatars et mes aventures, dont quelques-unes exaltantes mais beaucoup trop de minables, mes réussites et mes échecs, mes élans et mes désespoirs, mes plaisirs et mes peines, mes amertumes et mes douceurs, et, faute de splendeurs et de grandeurs, mes misères et mes servitudes.

C'est que — taïaut ! elle est coincée, piégée la sauvagine, son petit museau démasqué ! — c'est que cette âme sœur, mon âme sœur, je ne tiens pas du tout à ce qu'elle soit ma sœur — et d'une ; et encore moins à ce qu'elle soit une âme — et de deux.

Aïe. Vient l'heure où la description circonstanciée de mon idée fixe, le récit de la quête à quoi elle m'oblige, son portrait et son action, vont me contraindre aux précisions embarrassantes. Un peu de courage, mon cœur.

E

D'abord prendre un peu recul pour me préparer à mieux prendre un peu d'élan. Répondre à cette question : pourquoi ce besoin, cette faim d'un autre ? C'est une histoire très jolie, assez mélancolique. Les jours de fatigue ou de ciel terne, je la trouve navrante.

Il était une fois, il y a très longtemps, bien avant que le loup ne se mette à croquer l'agneau, les orties, aussi suaves alors que les roses roses-choux des processions, n'avaient pas leur fichu caractère, elles ne s'ingéniaient pas à brûler qui approchait d'elles une caresse, il était une fois donc un être complet. A la fois homme et femme : Hermès fondu, *incorporé* à Aphrodite. On rêve : l'agilité virile de Mercure et le vaste accueil de Vénus. Entre le loup végétarien et les lisses orties parfumées, cet être coulait des jours paisibles. Il se sentait plein, à ras bord, comme un œuf. Avec, comme pour les œufs, une chambre à air, une poche de vide, une cervelle natatoire pareille à la vessie des poissons : elle l'aidait à s'immerger dans l'imaginaire, à flotter dans la fantaisie. Car il pouvait ressentir, bien que plein, sait-on jamais, la curiosité d'autre chose que soi, Dieu par exemple, ou la passion des pêches Melba.

Mais pas de *quelqu'un* d'autre. Mercure avait-il faim de Vénus, Vénus de Mercure ? Un coup d'œil à l'eau d'une fontaine et ça y était. Même pas. Fermer les yeux suffisait au bonheur. Le septième ciel descendait sans histoire sur la terre. Certaines gens assurent que, pour fabriquer un enfant, cet être n'avait besoin que de s'asseoir dans un coin et d'y penser fortement. C'était l'enivrante félicité des escargots, si visible qu'ils passent leur vie à tendre sur leur tête les antennes les plus réceptives de la création, leurs yeux montés sur tiges (improprement appelées cornes) dressées comme les bras d'un V très ouvert, Victoire ! pour mieux embrasser le monde dans la générosité de leur allégresse.

Et puis le loup mangea l'agneau, les orties piquèrent, une scission imbécile se produisit. Dichotomie consternante : toi, Mercure, par ici, toi, Vénus, par là, et plus vite que ça. Avec répartition des bosses et des trous, des pleins et des déliés, là le tenon, ici la mortaise, toute une topographie, différenciée avec calcul, appelant l'ajustement par couple pour reconstituer l'être complet. Tant pis. La chambre à air prit toute la place laissée vacante par le départ de l'autre. Séparés, Mercure et Vénus connurent dès lors le vague à l'âme, la nostalgie d'une présence, ce vertige du vide, cette angoisse du creux, qui, sous sa forme élémentaire, donne l'appel du rut avec brame forestier, et, sous sa forme évoluée, le désir d'amour avec littérature courtoise.

Il existe une image populaire, qui relève plus de l'amour courtois que du rut style cervidé : la moitié d'orange. Cette définition comestible de l'âme sœur ajoute à l'accouplement ce juteux, ce sucré, qui manque à la communion mystique.

F

Aux côtés de mon frère, j'ai savouré une enfance de fils unique. J'étais bien deux, mais en mon for intérieur. Moi aussi j'aurais pu tutoyer la Solitude en ami : je lui trouvais une douceur secrète. Je continue. La solitude permet l'intensité, dans la disponibilité comme dans le travail. Je l'aime. Je la retrouve où je veux, quand je veux. J'ai la chance de jouir d'une maison, elle me vient de mes grands-parents, enfoncée dans les feuillages au bord d'une eau courante, c'est la rivière que mon frère et moi descendions vers les « abysses ». Je m'arrange pour y vivre seul trois quatre jours par semaine en toutes saisons. Le reste du temps, je le passe à Paris, ou en voyage : au milieu des autres. Affaire d'équilibre : Méréville me repose de Paris, Paris de Méréville.

L'idéal, c'est la solitude intermittente. Etre seul quand vous en avez envie, ou quand vous en ressentez le besoin : pour travailler (écrire, lire) ou pour, après telle ou telle expérience, établir un bilan, ou après telle ou telle épreuve, vous rassembler.

Ces intermittences de la solitude, je réussis à me les aménager loin de mes arbres et de ma rivière, en société. Ce congé invisible que je prends en laissant derrière moi mon corps, les gens l'appellent distraction, « Jean-Louis n'est plus là, hoho ? Tu rêves ? reste avec nous, tu n'écoutes jamais ce qu'on te dit. » Oh si, j'écoute. Une autre voix. Si je me lève en moi pour partir, sur la pointe des pieds, l'index barrant les lèvres, par peur de déranger les autres et moi-même, qui restons assis à la table, c'est pour suivre cette voix.

Mais c'est vrai, à cette minute-là, je suis

seul au milieu de vous tous. Tout bien pesé, c'est même la solitude que je préfère : la solitude sans l'isolement. Elle cesse au plus léger signal — dès que l'idée fixe commence à faire des siennes. Il suffit de rétablir le contact. C'est aussi simple que d'appuyer sur un bouton.

Je sais. Il peut arriver que vous appuyiez sur le bouton, rien ne vient, le contact ne se rétablit pas. Il arrive, quand on vieillit et que la mort vous enlève vos amis et que votre propre corps n'est plus assez attirant pour que l'amour et les plaisirs répondent à votre appel, il arrive qu'on ne puisse interrompre à son gré la solitude. Elle devient terrible. C'est la rançon de la liberté. Il faut choisir.

G

Au vrai, sitôt seul, je bavardais avec Denise. Je me baladais avec elle, bras dessus bras dessous. Pour la conversation comme pour la promenade, nous aimions le huis clos du livre. Nous nous asseyions dans un fauteuil bas à dos rond, un fauteuil crapaud, rouge foncé, avec des franges, je le tirais sur ses roulettes jusqu'à la fenêtre de cette pièce que les parents nommaient le salon, mais pourquoi ? C'était une chambre, on pouvait y coucher dans un lit de bois noir, sinistre, mon Dieu tous ces souvenirs qui bouillonnaient soudain, comme d'une vanne qu'on ouvre, dès que je me retourne vers mes après-midi d'enfance avec Denise. La fenêtre donnait sur la rue. J'y voyais bientôt le vicomte de Bragelonne ou les enfants du capitaine Grant. Ribouldingue et Filochard y couraient après Croquignol. Très gamine, Denise leur faisait des signes.

Ou bien, le bouquin sous le bras, nous partions vers celle des collines entourant Méréville que l'on appelait la Montagne. Une brève pinède perchée sur un mamelon en bordure des blés, cernée, investie par un sous-bois vivace de noisetiers et de genièvres. J'aurais pu parcourir, les yeux fermés, le réseau de ses minces sentiers. Au fond du fourré le plus défendu par la souplesse des branches, j'avais creusé une logette — c'était le terrier de la sauvagine, je m'en aperçois aujourd'hui. Sol très doux : les aiguilles de pin y tissaient une moquette élastique. Au-dessus de moi, de nous, le vent promenait le bruit de la mer que j'apercevais entre les troncs roses des arbres et c'étaient les champs où l'été remuait mollement la houle des blés.

J'ouvrais le livre, je m'allongeais. Il fait toujours beau dans ma mémoire, il devait pourtant pleuvoir. Je lisais. Si j'aime *charnellement* les livres, c'est que le plaisir de lire et l'éblouissement des découvertes qu'il me valait se sont très tôt mêlés à ce plaisir qu'on appelle solitaire et à l'éblouissement d'une autre découverte, celle de la complicité de mon corps et de ses mécanismes voluptueux. Ces deux plaisirs, ces deux éblouissements, confondus en une dilatation chavirante, m'écrasaient sur le tapis d'aiguilles, le souffle court, les jambes floches, les paupières baissées sur de rouges nébuleuses obliques, le ventre nu mouillé d'un lait dont l'odeur me trouble encore. Je ne m'apercevais pas que Jean-Louis venait de faire l'amour avec la malheureuse Anne d'Autriche tourmentée par le vilain cardinal, tandis que Denise s'envoyait en l'air avec le zouave du général Dourakine.

Qui dira l'importance de l'isolement dans les campagnes pour la naissance d'une idée fixe ? C'est ainsi que je commençais de rêver activement à ma moitié d'orange. Que *nous* commencions, devrais-je dire. Denise quêtait le zouave, Jean-Louis la reine. Qu'allait bientôt quêter Jean-Louis Denise ? Un zouave métissé de reine ? Une reine mâtinée de zouave ? En tout cas, quelqu'un qui ait du Denise en lui. Un autre comme moi. C.Q.F.D.

H

Un autre comme moi qui me ressemblerait comme un frère. Et non qui ressemblerait à mon frère qui ne me ressemble pas. Un frère qui soit aussi femme, je veux dire : épouse, amante. Oh là là, où est-ce que je glisse ? C'est à ce détour qu'il importe de voir clair et de ne pas avoir peur des mots.

Epouse, amante. Mon idée fixe serait-elle donc de reconstituer en moi, par l'union des deux moitiés d'orange, l'être complet qui fut jadis mutilé ? Je cherche ma part complémentaire. Le tenon de la mortaise. Et la mortaise du tenon. Voilà le hic. Ce qui fait la difficulté, le côté sportif de l'exploit. Cataloguons les exigences.

1° Sur le plan intellectuel. Intelligence requise. Cons s'abstenir. La fréquentation de l'autre, son commerce, comme on disait au XVIIe siècle, suppose un minimum de conversation. Un échange, comme le veut le mot commerce. Et pas seulement un échange de paroles, de bulles, de vent. Mais un échange d'idées. A la rigueur, une circulation d'opinions — n'a pas des idées qui veut, ne faisons pas le désert autour de nous. En tout cas, je ne m'imagine pas « commerçant » avec un minus à tiercé. Un fan du show-business ou avec un enragé du sport, pas celui qu'on pratique, celui qu'on regarde, tous ces rondouillards à pantoufles qui s'excitent devant la lucarne de la T.V., ou qui, sur un bord de route, au sommet d'un col, assis sur un pliant tiré du coffre de la bagnole, éructent « Vas-y, Poupou ! » sous le nez d'un vélocipédiste épuisé. Toute cette humanité minablement bedonnante (il y a une façon de bedonner de la cervelle) qui dégobille les slogans, les formules dont on l'a gavée comme on gave une oie de bouillie, et elle a le culot de baptiser pensée ce renvoi ! « Ils » ne font qu'excréter ces lieux communs dont Léon Bloy a poursuivi l'exégèse vengeresse dans l'espoir d'arracher la langue aux imbéciles, de réduire au mutisme les redoutables et définitifs idiots du siècle. Pauvre Léon Bloy — muet, non, mais c'est comme si, qui lui prête l'oreille ? Tandis que les cons, quel vacarme.

Le Mal, avec majuscule, le Mal absolu, à envergure métaphysique, c'est la connerie. Ou plutôt non. La connerie est épaisse, sereine, bovine, elle rumine dans la paix des pâtures les lieux communs qu'elle broute. Inoffensive, au bout du compte. Pas la bêtise. La bêtise (non les bêtises, charmantes sautes de conduite comme il y a des sautes de courant) c'est la connerie active. La connerie qui troque son front de bœuf contre un front de taureau. La bêtise, c'est la connerie-taureau. Elle a des couilles, hélas, elle engendre, elle est prolifique ;

et des cornes acérées comme des poignards de Tolède : elle tue. « Tueurs de cygne ! » lançait Léon Bloy pour insulter les acéphales virulents. Abyssale (ses abysses, ô mon frère, mesurent plus d'un mètre vingt), la bêtise, quand elle ne poignarde pas, noie, asphyxie. Il faut tout faire *contre* la bêtise. On ne peut rien faire *pour* elle. L'ignorance se soigne, on en guérit ; la bêtise est incurable.

2° Sur le plan affectif. Rayon sentiment. Ça. Mystère complet. Les raisons du cœur ? Amour, amitié, amitié amoureuse : vieux débat, et qui n'a pas cessé d'embarrasser. Le souvenir scolaire de Corneille, celui de Racine, et les poncifs du parallèle entre l'un et l'autre, achèvent d'embarbouiller le panorama. Et La Fontaine, en plus ! « Deux amis s'aimaient d'amour tendre. » Qu'est-ce que c'est que cette tendresse amicale ? Le cousin Pons aime Schmuke, Schmuke aime Pons, et Schmuke meurt de la mort de Pons. Pareille amitié dévore. La violence de sa *pureté* inquiète. Si bien que je ne sais plus ce que signifie cette *pureté*. Bien au-delà de son cristal je me prends à m'interroger sur ces zones d'ombres — qui nous amènent au troisième point.

3° Plan physique. Rayon « rapports » (selon le mot que laissent tomber du bout des lèvres les acéphales nocifs lorsqu'ils s'aventurent à évoquer en prise tant soit peu directe le commerce charnel). L'accord physique, hein ? C'est à cette borne de ma route que tu m'attends, lecteur, est-ce que je me trompe ? A la bonne grosse intervention bien épineuse du sexe. Toute la morale a concentré sur elle ses foudres, ses interdits, ses châtiments. L'escroquerie, la carambouille, l'arnaque, le hold-up, le racket et le casse, camouflés derrière un vocabulaire très boutonné, spéculation, promotion marketing, aménagement, prospective, ne font plus froncer de sourcils sur aucun front. Nos gouvernants donnent l'exemple. Maladresse ou malice du hasard, un bouton saute-t-il, c'est l'amusement général, le clin d'œil, la tape dans le dos, le gros rire. On ne songe même pas à rajuster les fermetures. *Please adjust your dress before leaving*, cette pancarte pour toilettes un peu pointilleuses est à reléguer au magasin des accessoires désuets. Les astuces de ma malhonnêteté pure et simple sont aujourd'hui les jeux d'une société à irresponsabilité illimitée. Ils font l'agrément guilleret des après-dîner en ville. Tandis que le cul ! Et prière de ne pas se laisser bluffer par la fébrilité de l'exhibitionnisme porno. Ne pas confondre libération sexuelle et tiroir-caisse. Les sex-shops ne sont que des boutiques comme les autres, chiffre d'affaires d'abord, et non des chapelles, essaimant apôtres missionnaires, pèlerins, voire martyrs, pour la plus grande gloire du corps enfin affranchi de préjugés esclavagistes. Si tu crois, ô lecteur, que, parce que la pub affiche dans le métro un minet à poil pour la promotion d'un slip, les lendemains qui baisent se lèvent enfin sur l'obscur empire du zizi, dissipant les brumes, ce que tu te goures, lecteur, ce que tu te goures. C'est que tu ne connais pas la province, et tout ce qu'il existe de province à Paris, ni les milieux populaires. La *honte* reste affaire d'altitude, les parties basses font toujours rougir. La chair, ses joies, ses vertiges, sa fête n'ont pas cessé de relever de la précaution hypocrite ou de la salacité gauloise. Les propos, les manifs, les expériences, l'exemple d'une très menue parcelle de la bourgeoisie intellectuelle sont une (bonne) chose ; les mœurs, la mentalité de l'immense majorité de la population en sont une autre. Hélas !

Si le tenon du modèle X *doit* s'enclencher dans la mortaise du modèle Y, même si la *nature* de ce tenon et celle de cette mortaise veulent qu'ils s'enclenchent mal ou pas du tout, tant pis, vogue la galère, ou plutôt coule la galère. C'est le naufrage de nombreux mariages. L'idée de mariage, même amendé par le divorce, n'a rien à voir avec mon idée fixe. J'ai toujours trouvé cocasse, et sinistre, en tout cas absurde, qu'il faille toute sa vie coucher avec une seule et unique personne sous prétexte qu'on avait signé un papier devant témoins. C'est une idée bête. Vais-je m'engager par écrit à ne manger, jusqu'à mon dernier soupir, que des huîtres ?

Bref, dans mon histoire, la question de sexe se pose. Eh oui ! Quand on cherche son plus grand désir, tombe-t-on forcément sur un désir de la chair ? Il faudrait creuser du côté de chez Sigmund. S'il y a quelque chose qui t'appartient bien, n'est-ce pas ton corps ? Eh non. C'est toujours minuit, docteur Freud. Je voudrais bien que midi sonne.

I

Je t'ai prévenu, lecteur, mais je ne redoute pas la répétition — enfoncez-vous bien cela dans la tête. Pas plus que cette âme sœur, qui est mon idée fixe, n'est ma sœur, elle n'est une âme. Zéro pour la copénétration mystique. Il y a mon corps. Mon grand copain. Mon complice bien-aimé. Tout ce que je lui dois — que de soleils ! et quels ! J'ai la chance (encore une) de posséder (oh oui, je la tiens, j'y tiens) une solide santé. C'est énorme. Ça ne durera pas cent sept ans, des pistons vont se gripper, le moteur finira bien par battre la breloque. Mais tout le temps que ça a duré, et dure, merci mon corps. Demain est un autre jour.

On comprend la confiance, la reconnaissance qui me lient à un allié fidèle et si plein de ressources. Je l'invite partout, partout le bienvenu. J'aime toucher, voir, ouïr, caresser, sentir, c'est la fête. J'ai un appétit du tonnerre de Dieu. Faim. Soif. De couleurs, d'odeurs, de saveurs, de frissons. Le soleil, la vie sont là, qui veulent entrer. Je m'ouvre.

Rien n'est plus beau, plus vrai que la vie. Plantes, animaux, hommes. Je crois même à une vie des choses inanimées. J'ai horreur qu'on casse, qu'on démolisse, qu'on mutile. Et c'est mutiler l'amour que séparer le cœur du sexe. Hypocrisie minable. Inconscience grotesque. Ou masochisme dont la « vertu » me rebrousse le poil. L'amour étiqueté platonique est une sublime faribole. J'entends parler d'épurer le désir comme si le désir polluait ! Comme si le désir, comparable à l'égout d'une station balnéaire, rendait inhabitables les plages de l'amour !

Attention !

D A N G E R

Amour Interdit

D E S I R

Comme si la prohibition la plus sauvage devait matraquer l'amour hors détergent. Pour l'amour, point de salut sans lessive. La seule qui ait fait ses preuves depuis le ve siècle avant Jésus-Christ : Plato ! Plato lave le cœur avant de laver l'amour.

Rien de ce qui touche à l'exercice du corps ne peut être obscène. Sur ce point, l'influence de mes parents fut déterminante. Les histoires de cul (pour parler clair) ne les choquaient pas. A leurs yeux, l'obscène, c'était l'argent. Le fric était, avec la bêtise (voir plus haut), la véritable obscénité du monde. Ma mère m'a toujours appris qu'on ne devait pas dire « j'ai payé », ce qui était sale, mais « j'ai offert ». Ne jamais mentionner un prix — mieux vaudrait ouvrir sa braguette. Résultat : je suis incapable de discuter argent avec mes éditeurs ou les directeurs des journaux où j'écris. Corollaire : je suis régulièrement piraté. L'argent, dans mon existence, occupe une place beaucoup trop importante à mon gré. Il faut que j'en gagne, quelle croix — il faut donc que j'y pense, quelle plaie. Mon rêve ? Avoir assez d'argent pour que l'idée d'argent m'abandonne. Cela représente, je suppose, un joli paquet [1].

La chasteté est une vertu comique. J'ai déniché dans mes papiers scolaires (âge : 12-13 ans, collège Geoffroy-Saint-Hilaire d'Etampes, classe : cinquième ou quatrième) une déclaration de guerre, en vers, à la Fleur d'Oranger.

J'aurais voulu lui dire, à la Fleur d'Oranger
Qui sourit sous son globe et se plaît à neiger
Le blanc de son pétale et le blanc de son
[âme
Sur la rouge peluche où son bouton se
[pâme,
J'aurais voulu lui dire, à la Fleur d'Oranger,
Attribut des hymens pour fronts ennuagés
De tulle blanc plissé, pour tempes
[pâlissantes,
Pour corsages voilés de soies jà glissantes,
Je t'emmerde

1. Comment faire ? Qui m'offrirait une mensualité (confortable) ?

Et paf ! je n'y allais pas de main morte. Suivait un chapelet d'injures : *Fade crème aux sucrotées puanteurs, Pâtisserie pour velours Louis-Philippe, Exhalaison de toc, Lait rassis, Communiante rancie dont le beurre a perdu la fraîcheur des gants* — ce que je devais jubiler d'avoir trouvé ça — et ça : *ô Poil oxygéné de vertu trop confite*. Ce qui, à quarante ans de distance, me paraît une image qui déroute assez : du gâteau pour un analyste à divan. Je vous épargne la suite, c'est vraiment très caca, du Coppée, du Samain, quels poètes lisais-je ? Cela chutait ainsi :

Fleur de poire, ô Mignon ! je connais ton
[pays !
là,
sur la cheminée

le rythme se démantibulait, bousculé par l'ire, je suppose, la rime fichait le camp,

Pourquoi pleure-t-il aussi d'aussi doux
[bleus baisers ?

Je ne le saurai jamais. Chute absconse, s'il en est, encore qu'elle invite à la gamberge. De cette démangeaison lyrique je ne retiens que la hargne qui me poussait à japper, tendre chiot, contre la pureté physique.

J'en voulais déjà, je me souviens, à la morale chrétienne. Ma première communion (elle n'était pas si loin) avait été tourmentante. J'étais un garçonnet du genre qui se posait des questions. Corps prison, corps chaînes, corps boulet entravant une âme que la mort, ouf ! délivrait enfin de ses fers ; terre vallée de larmes ; vie terrestre bref passage qui ne se justifiait que par l'épreuve préparant à la vraie vie, la céleste, où l'âme évaporée du corps ferait l'ange tandis que le corps, enfoui dans la terre comme une ordure, ferait la bête en attendant le taratata du Jugement Dernier ; le diable gangrène du désir, poison du plaisir ; la mortification de la chair, comme s'il fallait tuer la chair avant sa mort ! — je crispais les poings de rage quand la très mamelue vieille fille qui nous serinait le « caté » nous assenait ces sornettes médiévales en riboulant des yeux (mon frère, très sain, chahutait). Mon soulagement fut vaste, toutes fenêtres ouvertes, lorsque je mis le nez dans Rabelais. J'embrassai aussitôt son parti contre les bigots et cagots qu'il embrennait, le cœur et le corps en liesse. Alléluia, je me suis voulu renaissant.

Depuis, j'ai rencontré des prêtres, ils m'ont remontré que la morale chrétienne contre laquelle je guerroyais depuis si longtemps n'était pas la morale du Christ. Tiens donc. Aux vaticinations vénéneuses de la vieille bique du caté, ils ont répliqué par le *Cantique des Cantiques* — touché. Il urgeait de débarbouiller le christianisme des médiévaleries parasitaires. Dont acte. Je devais, sur-le-champ, balayer de ma mémoire les Saintes Femmes de mon bled beauceron, les piapiapias démoralisants qu'elles vaporisaient comme du fly-tox en balançant l'éteignoir de leur jupe. D'accord. N'empêche. Le décalogue s'obstine, si je ne m'abuse, et il se pose un peu là comme empêcheur de danser en rond. Et les sept péchés capitaux ? En a-t-on modifié la liste ? L'avarice, l'orgueil, la colère, l'envie, je vous les abandonne, c'est l'enfer, ils comportent leur propre châtiment, l'envie surtout, personne de plus malheureux que l'envieux. Mais la gourmandise, la paresse, la luxure ? Paul Lafargue, le gendre de Marx, a écrit un très pertinent *Droit à la paresse*, j'y renvoie. J'aimerais y ajouter un *Droit à la Gourmandise*, un *Droit à la Luxure*. Gourmandise, paresse, luxure, ce sont les trois vertus cardinales, les vertus de la Fête. Le Paradis sur terre.

Tout cela n'est pas très catholique, je le crains. Si je suis catholique, c'est socialement parlant. J'ai été baptisé, j'ai fait première communion et confirmation pour l'unique raison que « ça se faisait » là où je vivais, à l'époque où j'y vivais. Mon père était athée ; ma mère croit, sans avoir jamais pratiqué. Mon frère, comme moi (il faut pousser jusqu'à la métaphysique pour que nous nous découvrions enfin une ressemblance), pratique un athéisme paisible. Aucune inquiétude dans cette direction-là. Mais c'est là où mon frère, si rationnel et rationaliste, se révèle le contraire d'un esprit étroit. Rien du Homais dans son cas. Prudence et circonspection : sait-on jamais ? Il ne ricane devant aucun mystère, croyance, table tournante, astrologie, Lourdes, lévitation, fakirisme. Perplexe, dubitatif : expectatif. Toujours prêt à murmurer « voyons voir » — prêt à souscrire, je le parie, à la véhémente plaidoirie de Balzac pour les sciences occultes, dans *le Cousin Pons* (mais mon frère ne gaspille pas de temps, pas le temps de parcourir des romans). Le surnaturel est du naturel encore inconnu. Définition que j'assène comme un axiome pour coincer à hauteur de gosier le gloussement rengorgé des dindons du réalisme à courte vue. Nos cinq sens, leur faculté de perception incroyablement multipliée par machines et outils, dessinent un cadre sur le monde. Tout ce qui se déroule à l'intérieur du cadre, c'est le réel. Et tout ce qui grouille hors du cadre, et attend sans impatience que le cadre s'élargisse ? Audessus, au-dessous, côté cour et côté jardin, derrière ? C'est comme au cinéma, ne compte pas seulement ce qui bouge sur l'écran, les personnages continuent d'exister hors du champ. Blablabla d'une évidence si pataude que je rougis de l'écrire ici. Mais j'ai des copains qui, dès que je prends feu pour le surréel, le merveilleux ou le fantastique, allongent la lippe du toubib au chevet d'une leucémie galopante, ils me tâtent le pouls, consternés, « Toi tu finiras au couvent ». Moi moine ? Soit, mais de la Saint-Bernardin.

Que vont-ils s'imaginer ? Ce n'est pas parce que je crois que le réel ne se limite pas à l'encadré que me voilà prêt à enfourcher n'importe quelle balançoire. Certaines questions sont inutiles. D'où je viens ; où je vais ; ce que je fais sur cette terre. Réponse : je viens du ventre de ma mère ; je vais dans un trou sur la route de Méréville à Montereau, c'est le cimetière, en plein blé, mais il y a des tilleuls à qui la municipalité permet d'aller à fleur, et au-delà du mur du fond un nouveau lotissement à maisonnettes pas trop laides, vue imprenable sur la vallée, c'est là qu'avec père et mère je me redistribuerai en vers, en herbe, en terre, en racines. Ce que je fais ? Je vis. Le but de la vie c'est la vie, il n'y a rien de mieux, c'est formidable, il n'y a que ça. Faut-il même parler de but ? Dans la vie le but ne compte pas, qui est la mort. Ce n'est pas l'arrivée le but du voyage, c'est le voyage.

Réponses courtes ? Oui. Je m'en contente. Faute de mieux ? Non. Ma quête d'un autre comme moi, si elle risque de m'entraîner dans un autre monde que celui que je vois, ne m'aspire pas vers Dieu. Dieu pour moi c'est fini. Je n'y peux rien, c'est comme ça, je l'avais pourtant rencontré. Le camarade Jésus, très « in » de nos jours, m'est « vachement sympa » (déjà vieux style), mes petits camarades de 1848 m'ont seriné sur tous les tons que c'était le premier socialiste, objectivement sans doute, comme disent mes petits camarades de 1972, mais c'est là le nœud : objectivement. Je n'éprouve pas le besoin d'en faire un dieu. J'ai longtemps bavardé avec Sue. Eugène me confiait : « Voyez-vous (on ne se tutoie pas), je l'aime (le Christ) bien mieux comme homme, comme tous les hommes, avec faiblesses et misères, mais se vouant avec amour et foi à la manifestation d'une idée qu'il croit juste et vraie, sans arrière-pensée de ciel ou de récompense. Il fait le bien, il prêche la liberté de tous, l'égalité de tous, parce qu'il voit dans ces liberté et égalité une chance de bonheur et d'espoir. — Vous avez raison, Eugène. — Et quelle belle fin. Qu'aurait-il fait du pouvoir si la révolution sociale dont il rêvait s'était accomplie de son temps, sous ses yeux ? La figure que la croix a portée si haut, elle se serait peut-être effacée sur un trône ? Ce dieu se serait évanoui en empereur, en despote ? — Vous n'avez peut-être pas tort, Eugène. »

Je comprends très bien pourquoi les chrétiens ont couronné dans la Foi, l'Espérance et la Charité les trois vertus essentielles. Mais pourquoi « théologales » ? Qu'elles aient Dieu pour objet entraîne, par voie de conséquence logique, que pas de Dieu pas de Salut et que loin de Dieu loin de ces vertus. Ou bien alors, sans objet donc sans raison d'être, exsangues, exténuées, elles agonisent au bord du néant. Elles y chutent. Conclusion : pas de foi, pas d'espérance, pas de charité hors christianisme.

Colonisation abusive. Ses conséquences n'arrêtent pas là leur chaîne. Ce trinôme de coloration chrétienne, qu'on imaginerait volontiers gravé sur le fronton des églises, s'est vu opposer un trinôme résolument laïc : Liberté, Egalité, Fraternité, qu'on lit gravé sur le fronton des mairies. Duel dont l'Histoire éclaire aujourd'hui la vanité. La foi s'ouvre à la liberté, laquelle, la malheureuse, pour qu'on continue d'y croire en dépit des avatars qu'elle subit, des masques trompeurs dont on l'affuble, des sauces empoisonnées auxquelles elle se laisse manger, réclame cette vigueur qui soulève les montagnes et qui est le propre de la foi. L'espérance poursuit l'égalité : pareille attente, la même obstination imperturbable qui jette les chrétiens vers l'avant — avec cette nuance (elle est de taille) que les lendemains qui chantent dans la perspective de cette espérance-là ne mobiliseront pas des chœurs aussi posthumes que désincarnés. Quant à la fraternité, n'est-ce pas le visage humain, rien qu'humain, tout humain, de la charité ? Aimer comme son frère son prochain, qui n'est pas forcément celui qui vous est proche. L'amour du proche, c'est une autre paire de manches.

Conclusion numéro deux : Il faut décoloniser foi, espérance, charité. Les étendre, leur rendre souffle et sang hors des limites du christianisme, oui, et ce n'est pas encore assez : au-delà des frontières de toute religion. La foi, l'espérance, la charité entreprennent non pas Dieu, mais l'humanité. Nous. Pitoyables nous. Misérable humanité. Les trois vertus n'en ont que plus de mérite à la réchauffer de leur élan.

Fin du sermon. Ne vous affolez pas, restez avec moi. Ça me prend comme ça, de temps à autre, un prurit, je me gratte.

J

Le cul, l'argent, Dieu, la vie — je n'ai pas quitté d'une semelle mon idée fixe. Je n'ai pas cessé de rêver à ma moitié d'orange. Non plus âme sœur, plus besoin de faire un dessin. Corps frère alors ?

Qui savonne la pente où je me hasarde ? Denise, qui pouffe en coulisse ? Je n'aurais pas dû accepter d'écrire ce livre. Pas dû me promettre, sinon quel intérêt ? de considérer en face et sans ciller ce qu'il est si commode d'abandonner au mijotage douillet de l'entre chien et loup, avec toute latitude de champignonner pour le délice.

Et loisir de jouer à l'étonné, si l'on vous prend la main dans le sac. Moi ? je ne suis pas celui que vous croyez. Et sincère, en plus ! — combien de gens s'ignorent ? Non diagnostiquée ou non reconnue, ou non admise et supprimée par un effort de la conscience qui ne supprime rien, c'est alors que la sauvagine fait mal. Le ravage s'étend du désagrément primaire au complexe, de l'insatisfaction banale à l'inhibition, au refoulement. Noir tableau. Trouvez la légende : inconfort existentiel ? difficulté d'être ? morosité ? Fini le geste large : la peau vous gêne.

J'ai plus d'avantage, somme toute, à sortir la sauvagine au jour. Trop tard d'ailleurs pour retenir mon taïaut, je l'ai sonné d'entrée de jeu. La peau va me cuire.

K

Complications avec moi-même.

C'est le premier train d'embûches. D'autres suivront.

Jean-Louis savourera-t-il sa moitié d'orange en Denise ? et vice versa ? S'entêter dans la dilatation chavirante qui me basculait sur la moquette d'aiguilles ? Non. Mon Mercure s'allèche d'un peu plus d'inconnu dans sa Vénus. Et ma Vénus lui renvoie la balle. Ego + ego : ces fondantes tempêtes à vous couper les jarrets valent pour la première adolescence. On s'apprend ses mécanismes. Très vite, la main d'un condisciple élu a remplacé ma main, à la satisfaction générale. C'est une des douceurs de la promiscuité scolaire — et j'attends qui me lance la première pierre. Ces effusions binômées ne s'écartent guère des manipulations de la naïveté enjouée. La gravité de la chose commence avec l'obstination. On ne méditera jamais assez la leçon de Yukio Mishima : l'onanisme conduit au hara-kiri, qui en est le paroxysme mortellement éblouissant. Très peu pour moi.

Au vrai, j'ai peu de goût pour l'opération Narcisse — dont la masturbation est la manifestation gentiment animale, je veux dire chaudement charnelle, et l'autoperforation trucidante la conclusion inscrite dans le droit fil de sa logique. Narcisse ne cherche pas un autre, fût-il comme lui. C'est lui-même qu'il veut. Nulle complémentarité, si ce n'est celle, trompeuse, de la symétrie du reflet, le côté cour permute avec le côté jardin, cela peut amuser cinq minutes, ça ne complète rien. Narcisse se penche sur la source, la belle affaire. Epaules et bras forment voûte ; abritée, la bouche se tend sous cette voûte vers la bouche d'eau ; n'existe plus que la distance entre ces deux bouches, va-t-elle diminuer jusqu'à disparaître ? J'avoue saluer alors en moi le réveil d'un vieux désir. J'ai connu une époque (celle des promenades avec Denise à la Montagne) où moi aussi, les soirs de fièvre, je m'embrassais dans les miroirs. J'en garde le velours dans la mémoire de mon corps, mais je relègue ce velours dans le tiroir des souvenirs à mélancolie.

Un autre comme moi, oui, mais à la condition signé canon (comme disait la « femme de charge » de l'école, championne du pataquès toutes catégories) que cet autre comme moi soit un autre que moi. Ego, soit, mais alter.

Si le *Narcisse* du Caravage m'a retourné comme un doigt de gant, ce n'est pas parce que c'était Narcisse en action sur sa fontaine — c'est-à-dire se regardant (se contempler lui suffit, cherche-t-il seulement à lire son visage ? il l'admire, c'est tout, spectacle dont la vanité m'apparut vite) — mais à cause du genou. Genou brutal, bosselé ; genou-massue, genou-poing ; genou comme érigé, dardé. Au cœur du tableau, il mobilise la lumière, il oblige les regards à converger comme la loupe concentre les rayons du soleil en une tache — qui brûle. Ce genou rend la lumière explosive, il lui communique sa force. Du genou, elle irradie, musclée, vers la naissance du cou, elle caresse le visage tendu comme le genou, elle architecture l'arche de l'épaule vêtue et des deux bras demi nus dont l'effort aide, protège la violence offensive du genou. Cette chair nue, gonflée de vigueur, la première fois que je l'ai vue, c'est à Paris, une reproduction sur carte postale, chez un ami musicien, il l'avait épinglée au-dessus de son oreiller ; ce n'est que beaucoup plus tard que j'ai pu rencontrer l'original à Rome — mais je savais alors que c'était un genou. La première fois, chez le musicien, j'identifiai mal ce rayonnement serré, dur, dont j'imaginais le poids dans ma main, brûlant, prêt à vibrer. J'ai senti une chaleur envahir mes joues.

J'ai passé l'âge de rougir, pas celui de me troubler, tant mieux. Le genou de Narcisse me donne toujours la chair de poule. A mon tour je l'ai épinglé au-dessus de mon lit. A côté de la reproduction d'un fragment —

d'un détail (ce n'est pas un détail pour moi, c'est l'essentiel, c'est la fresque entière, c'est toute la Sixtine, c'est tout Michel-Ange) — de la Naissance d'Adam : la main de Dieu, index pointé, va toucher la main encore argileuse, dénouée, d'Adam. Chaque fois que mon regard le frôle, ce genou, il y a encore aujourd'hui un très bref instant, un éclair, où je vois autre chose qu'un genou : la vertigineuse disproportion me fait trembler, me ferait trembler si, presque aussitôt, un genou, un vrai genou nu d'homme jeune ne se réinstallait dans ma vision. Le trouble devient tristesse. Trembler se change en soupir. C'est de voir la lumière mourir en sourd écho dans l'obscurité du miroir d'eau. Le genou éteint toute provocation dans son reflet.

Je le savais. C'est la malice habituelle aux reflets. Méfiance. Songe-t-on à prendre un minimum de précautions avant de poser son regard sur un miroir ? On devrait. On le fait d'ailleurs, si l'on est prévenu. On se prépare au miroir. Quelqu'un, quelque part en vous, retient son souffle. Il s'attend à ce qui vous attend. Si peu indulgent qu'on se veuille à sa propre image, il y a comme une alerte, une mobilisation clandestine, un effort dans l'obscurité, un travail. On se recompose, si peu que ce soit. On se ménage — affaire d'habitude. Mais de quelle paire de gifles en pleine face vous fouette la brutalité du « Photomaton », ou quand un jeu de glaces un petit peu pervers, un reflet de vitrine plutôt sournois vous renvoient, vlan ! comme vers le joueur de tennis une balle à l'improviste, un profil de vous que vous estimez désolant.

Je soutiens mon regard assez mal, je l'avoue. J'essaie de m'y perdre. En vain. Une brillance de l'œil me repousse, me décourage. Le sourire aussi, qui accepte d'être d'accueil sans être pour ça d'accord. Même pas question de patte blanche — je me reconnais bien là. Je me défends, je me dérobe. Ah ! mon arrière-boutique ! entrée interdite. Dans mon regard, dans mon sourire, dans tout mon visage, je me tiens comme sur le seuil d'une porte. La porte est ouverte, grande ouverte. Personne n'entre. Même pas moi. Dans les coulisses de ce théâtre de peau dont je ne peux voir, moi comme les autres, que la scène, le/les décor(s), le/les personnage(s) (je sais qu'ils sont toute une troupe), que se passe-t-il ? Je n'en sais rien. Et tout compte fait, je m'en moque. Narcisse m'étonne. Cherche-t-il seulement à lire son visage ? Il l'admire, c'est tout. Il l'aime, il s'aime, le chérubin. Le regarder, se regarder, c'est se séduire.

Je n'ai jamais fait confiance à mon visage pour séduire. Et surtout pas moi-même. A mon visage immobile, je veux dire — fût-il souriant. Il faut qu'il bouge, il faut qu'il parle. Alors j'ai mille bouches ; mon nez remue, moins tarin ; mes paupières n'arrêtent pas de modifier la forme de mes yeux, leur éclat. Le mouvement de tous mes traits donne le change, il empêche qu'on ne s'attarde. Verbe et verve me tiennent lieu de charme.

J'accepte qu'on me filme; je supporte mal qu'on me photographie. Qui peut dire la part de vous-même qu'une photo vous dérobe ? et qu'elle livre sans défense à qui possédera, manipulera cette photo, la déchiquetant avec des ciseaux, la perforant d'épingles ? « Sait-on jamais ? » dirait mon frère. Il se passe surtout entre les photos de moi et moi ce qui se passe entre le genou de Narcisse et son reflet dans l'eau : elles m'éteignent. Piégés par la fraction de seconde du flash, suspendus en plein galop par l'éclair du déclic, les personnages de mon théâtre de peau se figent en pleine grimace, et motus. L'immobilité, le silence ? Hé oui, je redeviens ça : ce fouillis de signes qu'est devenu mon visage au bout d'un demi-siècle. Avec un débraillé certain dans l'ajustement général. Et, très appliquée, une perméabilité de ma chair, de ce qui bat, palpite dessous, aux feux de la lumière et de la chaleur. Une porosité de terre cuite offerte à l'air du dehors, aux vents, aux saisons. En été, ou en balade à travers mes chers pays d'Afrique, j'ai l'air d'une gargoulette (pas très bien tenue). Si l'on me penche, que coulera-t-il de moi par la large fente tordue de la bouche dont le sourire accentue le guingois ? Par les trous de ce gros nez fouineur ? Ce pif mastoc, ce tarin me vient tout droit de mon grand-père, *via* papa, c'est le pif Bory ; avec le temps, je m'y suis fait. A ma bouche aussi. Pas gâté là non plus. J'aurais bien aimé un orifice distingué. Une copine de classe m'avait refilé un tuyau, c'était une mini-gymnastique des lèvres : vous ne parlez pas ? prononcez mentalement, avec contraction adéquate du sphincter buccal mais chut ! sans émission sonore, *pruneau de Tours, pruneau de Tours, pruneau de Tours*. Pour l'entrée dans un salon avec salamalecs connexes, même jeu mais en remplaçant le pruneau de Tours par la *prune de mirabelle*, déployez au plus large le *belle* caudal. J'ai scrupuleusement pratiqué le pruneau et la prune. Les résultats n'ont pas répondu aux promesses.

Oui, que coulerait-il de la gargoulette ? Eau, vin, lait — malice, amour, attente ? Mon idée fixe ?

Je n'y peux plus rien — si tant est que j'y aie jamais pu quelque chose. Petit, je me rappelle, je pétrissais mes joues (je suis d'argile), j'espérais les remodeler, j'appuyais sur mon nez pour en diminuer la disgrâce. Et puis mon Dieu je me suis accommodé du lot. Je me suis borné à lutter contre ce je-ne-sais-quoi de mou en moi, de grassouillet, intérieurement comme extérieurement, qui m'a toujours menacé et qui trouve toujours son heure à l'instant de la faiblesse ou de la facilité. Ce petit-bourgeois rondouillard à âme replète que les esclaves étrangleurs de mon sérail intime s'épuisent à étouffer — et il résiste, l'ordure, et dès que je tourne le dos il a le culot de pousser son tarin à l'air libre. Voire son ventre, l'immonde ! A la niche ! Par trouille de sa « brioche », je ne mange plus de pain, que j'adore. J'étais intoxiqué de pain ; devant une baguette qui craque bien — un craquement de haute neige sous le talon —, ou devant une miche blanc et or dont la pâte, incisée avant cuisson, s'est cicatrisée en croûte brune, je connais le vertige du drogué ou du fumeur en période de « manque », la même panique ; par bonheur, les boulangers aident à ma désintoxication, le pain d'aujourd'hui est dégueulasse.

L'enrondouillardement, sanction de l'âge, rançon du confort, on peut se le permettre à condition d'avoir été fabriqué un peu long. Las ! je suis plutôt rase-bitume. Court sur pattes — j'en pleurerais. On croit frôler le mollet, c'est déjà la fesse. Et mes mains ? Rien de plus important dans un corps ; rien qui trahisse davantage, montre-moi tes mains, je te dirai qui tu es. Mon frère, le veinard, a des mains de pianiste, des mains d'accoucheur. Sans doute la récompense de son adresse : reconnaissantes, ses mains se font belles. Les miennes ! Maladroites, se réfugiant dans la paresse, elles m'affligent de leur embonpoint pataud de propriétaire casanier. Des mains de prélat, bénisseuses, des mains à bagues. D'où mon horreur des bagues, des anneaux. Nues comme poissons, mes mains s'esquivent, elles n'attirent pas l'attention. Et puis, leur maladresse accrue par le poids des bagues, déjà prisonnières des anneaux, j'aurais peur qu'elles ne s'accrochent je ne sais où, qu'un doigt ne s'arrache, ou ma main tout entière, mes mains, entraînées dans un engrenage.

Conclusion : j'étais un soir chez ma mère devant une glace, ma figure entre mes deux mains. Ma mère me regardait me regarder. Je lui ai glissé : « Tout de même, papa et toi vous ne vous êtes rien cassé. » Simple constatation, nulle amertume. Il y a belle lurette que, de mon physique, je ne garde rancune à personne.

Pas plus que des coups que j'ai écopés, de-ci de-là, de ceci de cela, de celui-ci de celui-là. Je les lis sur moi, aux cicatrices. Ceux que j'ai donnés aussi. S'ils doivent se lire sur le corps de quelques autres, je peux, moi, les déchiffrer sur le mien. Cette virgule en coup d'ongle sombre, au-dessus et à droite de mon œil droit (côté jardin) : une chute de vélo, j'avais quinze ans, je descendais sans frein la côte de la gare, je n'ai jamais su ce qui s'était passé, je me suis réveillé dans le couloir de la pharmacie paternelle, allongé sur un matelas, dans un concert d'odeurs résolument médicamenteuses, la tempe un peu trop battante. Le très pâle coup de griffe qui gonfle la partie gauche de ma lèvre supérieure (côté cour) : une culbute en montagne, une crevasse, j'avais trente-cinq ans bien sonnés — comme si j'avais voulu faire du bouche-à-bouche avec un glacier, à cet âge ! Le guingois de mon sourire s'en est trouvé accentué, ça n'arrangeait pas les choses ; c'était cuit, définitivement, pour pruneau et prune, tant de Tours que de mirabelle. Mon ami maçon (il s'appelle Moïse — bon alpiniste) me tirait au bout d'une corde. Quand j'ai fait plouf dans la fente, en silence, sans un cri, il s'est contenté de soupirer : « J'en étais sûr. » Qu'est-ce que je pouvais bien foutre, à des « point d'heure » (pas encore l'aube), sur de la glace en pente, et fendue ? Mais je suivais Moïse. L'éraflure du menton aussi, c'est le glacier. Egalement montagnarde, mais plus snob (ski, Tyrol), la longue ligne en fermeture de bottine escaladant le devant de mon tibia côté gauche. J'étais entré bille en tête, à plus de soixante à l'heure, dans une couche de fumier très « géorgique » dissimulée sous une pellicule de neige ; mon pied gauche avait stoppé, le fumier glisse mal ; mon pied droit continuant sa descente, je m'étais vissé sur ma jambe gauche à soixante à l'heure. Je n'aurais jamais cru qu'il était si clair, le bruit que font les deux os d'une jambe se brisant en hélice : le fracas d'une forte branche de bois mort pétant sec. Je me réveillai dans la vallée, saucissonné sur ma paire de skis, on m'avait descendu sur ce traîneau, mes orteils côté cour avaient, autour de la cheville, pivoté de cent quatre-vingts degrés. Bon Dieu, qu'est-ce que je — Mais je suivais Robert (le Pierre de *La Peau des zèbres*).

Ainsi peut-on relever sur moi, comme l'historien des batailles penché sur la carte du terrain des opérations, les traces de mon histoire « événementielle ». Les anecdotes. Il y a plus lourd, et qui a mordu davantage mon argile : le poids de cinquante ans de durée ; l'usure qu'entraînent cinquante ans d'usage. C'est une histoire plus saumâtre. Je n'ai pas le cœur de m'y arrêter. Pour le moment.

Si le reflet ne marche pas, chère idée fixe, que dire du double ? Le double, c'est encore l'ego et c'est déjà l'alter. Le poète t'avertit : s'il te ressemble comme un frère (qui te ressemblerait), ton double, vêtu de noir ou non, est un étranger. Octave n'est pas Cœlio, si tous les deux sont Musset. Cœlio, invente-moi un Octave ! — ou le contraire.

C'est bien une idée de poète, et d'un poète comme Musset. Le mot « double » égare le soupçon. S'imaginer un double, c'est peut-être, *en désespoir de cause*, la façon la plus vivable de vivre seul. Mais on vit seul.

Et encore ! Es-tu sûr que ce double te sera fraternel ? Cœlio meurt d'Octave. La schizophrénie ne secoue pas ses délires très loin du dédoublement. Prudence. Les contes romantiques, surtout les allemands, ne désemplissent pas de doubles plus ou moins vampiroïdes. Bien jeune, sur la moquette d'aiguilles de pin, j'ai lu, de Chamisso, *Peter Schlemilh ou l'Homme qui a perdu son ombre*. J'en cauchemarde encore. En fait de double, j'imagine Denise — drôle d'Octave — se couchant à mes pieds comme mon ombre, humble, discrète, faussement prosternée, endormant ma méfiance, amadouant mes esclaves étrangleurs — et profitant de ce que mon ombre, allongée par le couchant, s'étire, éloigne de moi sa tête, se glisse sur le mur d'en face, atteint une fenêtre entrebâillée, la voilà qui se faufile par l'entrebâil et disparaît. Court le monde. Fait fortune. Et revient vers le pauvre de moi sans ombre. Bonne princesse, me prend à son service. Me couche à ses pieds comme son ombre. Je suis son ombre. L'ombre de Denise, petite-bourgeoise rondouillarde à âme replète. Au secours.

Alors ? Denise et Jean-Louis, faute de s'entendre dans le reflet narcissique ou le double imaginaire, c'est chien et chat ? Scènes de ménage à toute heure, la danse de mort jour et nuit ? Portes claquées, chambres qui se verrouillent sur des menaces, soupes avalées dans les larmes, silences qui brisent les oreilles plus fort que les sirènes des bombardements, réconciliations en forme de cris, armistices rompus, paix boiteuses pour de nouvelles ruptures, et de nouveau les sanglots ? En un mot comme en cent : la bonne brave vieille difficulté d'être. Et de se connaître. Et de se reconnaître. Et de s'accepter. Beaucoup de braves gens bronchent sur ce chemin. On dit qu'ils ne se sentent pas bien dans leur peau. Nous sommes les pires ennemis de notre liberté.

Pas moi. Jamais connu de vrai drame avec moi-même. Il me manque le sens du péché. C'est plus qu'une chance : une bénédiction. Je n'en suis pas redevable à moi-même. Mais à mes parents et à mes professeurs. Ils ont évité, les premiers à la maison, les seconds à l'école, de m'encombrer cœur, corps et cervelle des préjugés fignolés par l'éducation familiale et par l'éducation nationale. Je ne leur en saurai jamais assez gré. Cinq minutes d'arrêt pour la pause pieuse. Mon père et moi, ça a failli virer à l'aigre. Aussi dissemblable de moi que l'était mon frère (et semblable à mon frère), et pourtant, en profondeur, semblable à moi. C'est cette secrète similitude qui a failli tout gâcher entre nous deux.

Le fils, pour s'approcher du père, ne serait-ce que pour questionner son image, doit vaincre une distance. Question de génération, bien sûr : entre mon père et son fils, en dépit de l'affection réelle qui les liait, sévissait un manque d'appétit pour les confidences, qui ressemblait à l'indifférence. Mais il y avait plus que cela. Un obstacle ? Qui tenait au père ? au fils ? Le père que je voyais n'était pas du tout mon père. C'en était même (je l'ai su très tôt) la moindre part — la partie émergée de l'iceberg. Que glissait-il sous l'eau ? Du père que je voyais, je voyais la vie respectable, apparemment monotone. Image du vieux « paternel » familier que protègent les tabous, les interdits de l'imagination — imagine-t-on son père allant aux cabinets, faisant l'amour ? Pour que la distance entre père et fils diminue, il aurait fallu que cette image-là, respectueuse, éclate.

Décor : la piscine de Méréville, dans le bleu doré d'un dimanche matin, en juin. *Personnages :* des estivants, trois, quatre, des « plageux » — bref des étrangers, des Parisiens — et moi, tout près d'eux, allongé en maillot sur le dallage du bord. Comme je ferme les yeux, je participe plus du décor que des personnages. Les Parisiens bavardent librement entre eux, ils ne me connaissent pas, pourquoi se gêneraient-ils ? « Il y a deux curiosités à Méréville à ne manquer sous aucun prétexte : les Halles et le pharmacien. »

C'était il y a quinze ans, mon père vivait, il tenait encore l'officine de la rue Jean-Jacques-Rousseau. Ce matin-là, à la piscine, mon étonnement fut vif de voir mon père assimilé à un monument historique — avec, sans doute, des heures de visite, des commentaires de guide, et bientôt, pourquoi pas ? un « son et lumière ». Il ne datait pourtant pas du XVIe siècle.

N'empêche : les plageux avaient raison, papa était un phénomène. Entre nous, nous l'appelions « P'tit Louis » — nous n'avons jamais eu dans la famille la bosse du respect. P'tit Louis régnait dans la pénombre un peu glauque d'une pharmacie plutôt noire, assez funèbre, non par anticipation du deuil et de ses pompes (ce qui n'eût été guère encourageant pour les clients), mais par souci de dignité professionnelle. Une pharmacie est une officine, non une boutique ni un magasin. L'inévitable évolution de la pharmacie vers le drugstore à l'américaine faisait écumer papa de fureur. Des pharmaciens, ça ? Passer son temps à distribuer des boîtes et des flacons, comme s'il s'agissait de conserves ou de spiritueux, ce n'est pas un boulot de potard, mais d'épicemard (c'était son mot). Quant à lui, il refusa longtemps, avec hauteur, de vendre des eaux minérales et des produits de beauté, « je ne suis pas non plus un coiffeur ». Il préférait cuisiner des potions ; bricoler des pommades. Il connaissait un sirop à lui, contre la toux (une espèce de jus délicieux que mon frère et moi buvions par gourmandise), et une mixture noirâtre, assez répugnante à voir, souveraine, paraît-il, contre les varices. Et puis des noisettes de mercure (de vraies noisettes, vidées, emplies de mercure), maman en faisait des colliers très efficaces contre les convulsions des moutards. Il y avait en P'tit Louis du druide d'*Astérix* : je l'aurais très bien imaginé, comme Panoramix, mitonnant une potion magique.

Entrer dans la pharmacie, c'était un vrai suspense. Ça commençait avec le tintement grêle, saccadé, d'une sonnette de jardin. Qui allait jaillir de l'ombre ? Docteur Jekyll ou Mister Hyde ? Le diable ou bien le bon Dieu ? Un P'tit Louis aimable, souriant, prêt à la causette, disposé non seulement à servir son client mais à blaguer avec lui — ou bien un P'tit Louis de mauvais poil, sortant de ses mots croisés comme un bouledogue sort de sa niche, la lippe hargneuse, prêt à mordre, mais il ne mordait pas, le coup de gueule remplaçait le coup de croc, papa enguirlandait le client, il lui reprochait d'abord d'être malade, d'avoir besoin de médicaments : les gens s'écoutent trop, quelle idée que d'aller chez un toubib ! tous des assassins, puis il commentait l'ordonnance, qu'est-ce que c'est encore que ce truc-là ? une cochonnerie de plus, que je vais être obligé de commander et puis les toubibs trouveront autre chose et ce truc-là me restera sur les bras ; j'ai mon arrière-pharmacie pleine de « rossignols » (il appelait ainsi les invendus), feriez bien mieux de boire un bon coup de l'eau du robinet, au moins ça, si ça vous fait pas de bien ça peut pas vous faire de mal. Ahuri, le client laissait passer l'orage. Il n'avait d'autre ressource que de contempler P'tit Louis trottant rouspétailleur derrière son comptoir, bousculant les tiroirs, dénichant la « cochonnerie » en question, rendant la monnaie en prédisant l'apocalypse. Le client avait à peine tourné les talons, il n'était pas encore sorti de la pharmacie, que papa s'était déjà escamoté, il avait replongé dans ses mots croisés, ou regagné son atelier où il passait des jours à manigancer des zinzins électriques, ou à peindre, ou à jouer du violon. Sa mauvaise humeur venait de là : la sonnette de jardin le tirait d'un rêve.

Je me suis toujours demandé pourquoi il avait été pharmacien. Je n'ai jamais connu personne qui ait aussi peu cru à la science médicale. « Quand je serai pour crever, surtout qu'on me foute la paix. Pas de toubib, pas de curé, une piqûre. » Alors pourquoi la pharmacie ? Par goût de la chimie ? Par besoin d'agir avec ses mains, avec un mortier, un pilon, des poudres, des éprouvettes, des poisons, du feu ? Il était merveilleusement adroit de ses pattes, capable d'être artisan plombier, électricien, maçon, avec bonheur. Adresse dont je n'ai rien hérité : tout pour mon frère.

Oui, pourquoi potard ? Je n'ai toujours pas trouvé la réponse. Sans doute mon père s'est-il voulu pharmacien par sagesse : parce qu'il faut bien faire quelque chose qui ressemble à un métier. Il adorait la musique, savait toucher du piano, jouer du violon ; il adorait la peinture, savait trousser en deux coups de pinceau des aquarelles ravissantes, a laissé de nombreux tableaux qui témoignent d'une sensibilité et d'un sens de l'observation fort vifs. Mais la musique, la peinture, est-ce de vrais métiers ? Comme la poésie, la littérature ? Peut-on avec ça gagner sa vie ? Peut-on, sur ça, fonder une famille ? Mon père appartenait à une époque et à un milieu pour lesquels la vie d'artiste n'était pas une vie sérieuse. Il a écarté la peinture, la musique, la poésie comme autant de tentations. Jeune, à Paris (il était né aux Batignolles), il avait failli leur céder. Il avait chanté dans des cabarets de Montmartre des poèmes volontiers lestes, dans la tradition grivoise chère à la Butte, ils feraient aujourd'hui rougir un régiment de singes. Et puis voilà ; fin du violon, des pinceaux, de la chanson. P'tit Louis s'était rangé.

A Méréville. Ce choix-là aussi, par sagesse. Parisien et même Parigot, avec tout ce que cela comporte de vivacité dans la repartie et d'humour parfois rosse ou gaillard jusque dans la tendresse goguenarde, P'tit Louis était descendu de la Butte Montmartre vers sa petite vallée beauceronne. Il y a trouvé la paix. Le bonheur ? Lui seul pourrait me le dire — il est trop tard. Entre le père et le fils la distance s'abolit-elle ? Le père est mort.

Mon phénomène de potard de père. Haut comme trois pommes, vif comme la poudre. Rarement en blouse blanche, parfois en pyjama, pas toujours rasé (la bobine des clients !), assez souvent en veste de chasse, culotte et leggings, très gentleman-farmer ; prêt à filer à travers champs, avec pelle et pioche pour le jardinage, ou sa boîte de couleurs sous le bras. Il allait rêver sous les feuilles, ou devant la mer des épis, d'un pays où personne ne serait jamais malade et où par conséquent personne ne le dérangerait jamais.

J'arrête. Rien n'éclate, de cette image. Le mystère reste entier. Pire : il s'épaissit. J'interroge des choses de lui jeune homme, de lui homme jeune. Vingt ans en 1900. Ça devait être quelque chose. Avait-il été *v'lan* ? fin de siècle ? modern' style ? Que de cheveux ! et quelles moustaches ! Elles lui vont bien. Blanc haut col dur, assez dandy (le négligé du pyjama, plus tard, à Méréville, à quel renoncement répond-il ?). Pas de femmes. Que des copains. Moustaches jolies, élégance des cols et des cannes. J'ai scruté avec passion les visages, les sourires, la position des bras, des mains. Les regards sont muets, tous dirigés vers l'objectif, hébétés par la fixité. J'ai soumis les photos de papa à l'enquête policière que je détesterais voir infliger aux miennes. Mais rien. Les souvenirs ont des lacunes. Les témoins se dérobent. A commencer par ma mère, qui s'entoure de silence comme d'une brume. Et qu'a-t-elle connu de papa ? Peut-être moins que moi, qui savais moins que je ne supposais. On accumule des faits, certains prouvés, d'autres imaginaires. On ne peut qu'effleurer la surface.

De P'tit Louis, je ne sais vraiment qu'une chose — qui m'a sauvé d'angoisses inutiles. J'étais khâgneux au lycée Henri-IV, et pensionnaire. Le paradis : dilatations chavirantes sur tous les plans. Mon ami Jean et moi nous ne nous quittions plus. Quand il ne m'entraînait pas en Bretagne, je l'entraînais à Méréville. Alerté par ce qu'il y avait de semblable entre nous dans la glace immergée de nos icebergs, mon père a-t-il, bien avant moi, deviné la croissance de mon idée fixe ? Dans l'arrière-pharmacie, un soir : « Qui ou quoi que tu sois, n'aie pas peur. Si tu ne fais de tort à personne, tu n'as pas à en rougir. Regarde-toi bien en face, c'est le principal. Il se peut que le parti que tu prennes, en accord avec ce que tu sauras que tu es, te rende la vie difficile. Bon courage. Si tu as des ennuis, viens me les dire. Si je peux t'aider, je le ferai. Mais j'en doute. Ne compte que sur toi. L'expérience ne vaut que pour soi — et encore. Celle des autres est nulle et non avenue. » Laïus d'une longueur et d'une gravité inusitées. Nous n'avons plus jamais reparlé de rien. Mon père estimait en avoir assez dit. Comme dans une course de relais il refila le « témoin » aux professeurs.

Qui n'avaient pas attendu la khâgne d'Henri-IV pour assurer ce relais. Au collège d'Etampes, mon professeur de lettres, Alain Bourgeois, avec une délicatesse et une discrétion qui m'émeuvent encore à quarante ans de distance, m'aida à débrouiller les questions essentielles, à me les formuler le plus clairement possible (j'y répondrai plus tard ; si je peux, et par ma vie même) : les désirs les plus grands ne sont-ils pas les plus inavouables précisément parce qu'ils sont les plus contrariés ? Et n'est-ce pas nos plus grands désirs naturels qu'on nous a appris à contrarier le plus ? Alain Bourgeois me conseilla des lectures rassurantes, on ne se sent plus seul au monde, voici des hommes qui ont eux aussi quêté un autre comme eux, ils n'en sont pas morts, sans doute ont-ils connu les difficultés que mon père allait m'annoncer, mais ils s'en sont plutôt tirés, non ? Gide, Proust, Cocteau, le Vautrin de Balzac, Shakespeare, celui des sonnets, les Grecs (dans le texte : Alain Bourgeois m'enseignait les humanités dites classiques). Balzac et Proust resteront des amis intimes. J'estimai *Corydon* cucul. Il me paraissait naïf de chercher une justification en mobilisant botanique et zoologie. Surtout pour retomber dans le puritanisme le plus parpaillot en dissociant l'amour du plaisir, au poing la lessive Plato.

Grâce à mon père, grâce à des profs comme Bourgeois, j'ai très vite été en paix avec moi-même. Ne pensant même pas à tricher — pour quoi faire ? M'appliquant au contraire à me comprendre et à m'expliquer à moi-même et aux autres. Tâche ardue. Les pièges y fourmillent. Le plus dangereux de tous (cette façon-là aussi me vient de Bourgeois) s'appelle la complaisance envers soi ; elle conduit tantôt à la self-pity, qui conduit à son tour à la confession pathétique ; tantôt aux satisfactions du narcissisme revendicateur. On se roule dans les larmes, on se noie dans le malheur, dans le repentir, on se tambourine la poitrine : « Mea maxima culpa ! » Ou bien l'on brandit sa petite bannière, on invite au ralliement, « Montjoie et Saint-Denis ! » en avant toute ! Jeanne d'Arc ou Marie-Madeleine. Ces deux attitudes, quand il s'agit d'un domaine où la sincérité compte d'abord, n'échappent pas toujours à un ridicule déplaisant. Ni Marie-Madeleine ni Jeanne d'Arc.

Complices pour la quête, Denise et Jean-Louis. Comme larrons en foire. Denise *secondant* Jean-Louis — et Jean-Louis Denise rêve d'amazone. Jean-Louis aux ordres de Denise — et c'est pour Jean-Louis Denise le temps du grenadier sensible, modèle Frédéric II de Prusse. Ce fut lors d'une de ces périodes où Denise portait la culotte qu'un de mes copains, amateur aussi militant que documenté, m'affirma sur la tête de sa mère (que, naturellement, il adorait) qu'on pouvait louer — est-ce un C.R.S. ? un pompier de la Ville de Paris ? un garde républicain ? — enfin l'un de ces trois serviteurs de l'Etat pour qu'il vous cire vos parquets. Denise en demeura songeuse : fallait-il faire sauter la moquette de son petit deux-pièces de la rue Séguier ?

En proie à son idée fixe, Jean-Louis ne protesterait pas. Mais qu'en diraient les voisins ?

L

Complications avec les autres

Les autres — autrui. L'autrui des cours de morale. D'un flou commode mais terrible. Il en tire sa force. Omniprésent : il est tout le monde et vous-même. Il est celui auquel il ne faut pas que vous fassiez ce que vous ne voudriez pas qu'il vous fît. Votre liberté s'arrête où la sienne commence (je ne suis pas d'accord : ne puis-je être libre *avec* autrui ?). Pour le compte d'autrui. L'amour d'autrui. Et caetera. Autrui, mon prochain. Autrui m'entoure et me juge. Il a son mot à dire sur mon idée fixe.

C'est la pression d'autrui qui rend automatiquement tout secret honteux. Cercle vicieux : vous vous cachez d'autrui parce que vous avez honte ; et vous avez honte parce que vous vous cachez d'autrui. On n'en sort — on ne s'en sort plus, il faut bien finir par briser le vice du cercle.

Le peut-on aujourd'hui ? Il semble que oui. L'évolution des mœurs cavale à vive allure. Elle est loin, l'époque où l'on grillait en place de Grève les hétérodoxes sexuels dans le même sac que les chats et les sorcières. Suppliciés comme Jeanne d'Arc et Gilles de Rais. Prestigieuse compagnie — plutôt martyrisante. Une sainte, un monstre : c'était laisser le choix entre deux destinées, vierge ou débauché ? Le martyre commence avec ce choix.

Moins loin sans doute, mais tout aussi défunt (je l'espère), le temps où le haut-de-forme de Louis-Philippe couronnait la morale de Joseph Prudhomme, installant sur le trône avec légère anticipation l'équivalent continental de ce qui allait supplicier, martyriser l'Angleterre, la joyeuse vieille Angleterre old Merry England : la pudibonderie victorienne. Notre censure, ce qu'il en reste aujourd'hui, est imbécile, c'est vrai, comme toute censure ; mais elle a griffes et dents rognées ; et l'ineffable maire de Tours, Monsieur Jean Royer, mirobolifique dinosaure des pruderies anachroniques, fonctionnaire chu de la sottise kafkaïenne à la bouffonnerie d'Ubu sans rien renoncer de la ganacherie courtelinesque, ne soulèvera bientôt plus (je l'espère) que des tempêtes de rire. Tandis que sous la Monarchie de Juillet, sous le second Empire, sous cette troisième République versaillaise baptisée par le sang des Communards, c'était une autre paire de manches. Il faut imaginer la monumentale bêtise des censures, la solidité, l'imperturbabilité marmoréenne de préjugés dont toute une bourgeoisie s'aveuglait (ou feignait de s'aveugler) pour répondre plus paisiblement au mot d'ordre qu'elle-même avait lancé dès qu'elle était arrivée au pouvoir : « Enrichissez-vous. » C'est à un pareil public que Balzac a montré que les « caprices de l'âme » ne se limitaient pas aux combinaisons offertes par l'exercice du mariage tempéré par l'adultère, classiques ébats de l'éternel trio depuis Adam, Eve et le Serpent, elle, lui, l'autre ; mais qu'ils étaient bien plus nombreux, plus « agaçants », plus recherchés dans leur furie que tous les caprices de la gastronomie. C'est sur ce public choquable et scandalisable à gogo que Balzac a lancé son troufion physiquement amoureux d'une panthère *(Une passion dans le désert)* — ravissante idylle ; l'incroyable couple femelle de *la Fille aux yeux d'or*, couple dont le beau de Marsay ne réussit à partager les voluptés clandestines qu'à la condition de s'habiller en femme avant l'amour ; la curieuse actrice Zambinella aimée du sculpteur Sarrasine — actrice qui se révèle être un castrat nanti d'un cardinal protecteur méchamment jaloux ; et le très inquiétant forçat évadé Vautrin, un des personnages piliers de *la Comédie humaine*, amant du bagnard Théodore Calvi dit « la belle Madeleine », amoureux de Rastignac puis de Rubempré, jeunes gens d'excellente famille et plutôt bien de leur personne. Et je ne cite que pour mémoire l'enfer de *la Rabouilleuse* : un vieux vicieux de province se mitonne une Lolita sur mesure, mais la mort déjoue ses calculs, le fils, crétin, abruti de surcroît par ses « mauvaises habitudes », prend la succession du père, pour périr, complètement lessivé dans les bras d'une certaine Lolotte, pendant que la Rabouilleuse, alcoolique et putain, meurt d'une maladie affreuse. Et l'enfer de *la Cousine Bette* ? où Balzac ne nous épargne rien de la folie obsessionnelle de Hulot. Les « spécialités de tendresse » qui rendent Mme Marneffe indispensable à ses nombreux amants nous laissent rêveurs. Ainsi que les « jouissances asiatiques » que Balzac évoque toujours avec un trouble gourmand. J'espère bien que l'inénarrable Royer a interdit Balzac à Tours.

Et pourtant Balzac dit tout mais sans le dire. Tout juste si, dans le galop enlevant à la hussarde le dénouement de *Splendeurs et misères des courtisanes*, il se risque à déclarer en clair que Vautrin est une « tante ». Brutalité peu courante. «Caprice de l'âme», « jouissances asiatiques », « spécialités de tendresse » lui servent de masque ordinaire. Coquetteries stylistiques dictées par la prudence. Nous n'en sommes plus là.

Aujourd'hui nous nous baignons nus sur nos plages — à la condition que le climat le permette, et les gendarmes. Les gendarmes se taisent. Ce sein qu'ils ne sauraient voir, ils ne demandent pas qu'on le cache, ils ne le voient pas (ils font semblant). Un automne définitif a fait tomber, des statues d'hommes, la feuille de vigne. L'été qui fait glisser les slips me paraît moins sûr. Il y a encore de la timidité dans l'air. Pays catholique héritier de la morale bourgeoise du XIXe siècle, nous n'atteignons pas à la sérénité scandinave. Le sein de la dame, le zizi du monsieur s'offrent-ils sans l'écran d'une étoffe aux caresses de l'eau ou du soleil ? Cette exposition reste exhibition, désireuse sinon de provocation délibérée, du moins de manifeste.

Et d'ailleurs slips, soutiens-gorge ne sont

que des signes. Tombent-ils, la libération demeure superficielle. Simple affaire de vêtement — d'enveloppe. La nudité entraîne-t-elle une nouvelle conception du corps, des rapports des corps entre eux ? Oui ? Non ? Si les relations entre individus se montrent toujours aussi sclérosées par les tabous, où est l'intérêt de se balader à poil ? Il ne suffit pas de montrer son sexe, il faut s'en servir. Liberté là ? mais liberté ici.

C'est à ce détour que ça se gâte. Joseph Prudhomme ne se contente plus de rougir : il voit rouge. Le courage qu'eut Gide de publier *Corydon* tient sans doute aux dates, il est d'époque — les années vingt ; mais il est réel. Ces années n'étaient pas si folles que ça. Rudement secouée par cette Première Guerre mondiale qui devait être la dernière, la classe bourgeoise entendait consolider son pouvoir, il lui fallait par conséquent affermir sa morale. Cette borne de Claudel, menhir obtus, ne l'a pas envoyé dire à Gide. Il avait parfaitement compris que la moindre modification dans les règles ordonnant les mœurs, en particulier dans le chapitre des rapports sexuels, entraînait tôt ou tard des modifications profondes dans la vie sociale — c'est-à-dire : l'écroulement du conditionnement social actuel, depuis si longtemps calculé pour le maintien au pouvoir de la classe bourgeoise. Claudel n'a pas tort. Et le dévoilement du sexe donne le branle.

L'évolution actuelle de nos mœurs, leur libéralisation *(grosso modo)*, s'accompagne d'un double phénomène : de génération — la jeunesse prêche d'exemple, il est vrai qu'elle n'a ni varices ni bedon à dissimuler et qu'à cet âge les petits moteurs d'amour démarrent au quart de tour.

et de classe : la liberté des mœurs (d'aucuns disent libertinage) fut longtemps l'apanage des aristocrates, qui s'estimaient au-dessus de règles de conduite bonnes pour les bourgeois ; la bourgeoisie une fois solidement assise aux postes de commande, certains bourgeois se mirent à se conduire en aristocrates ; et c'est le peuple qui est devenu le dernier rempart de la morale bourgeoise — tabous compris. Glissade des « bonnes » mœurs qui témoigne chez le peuple d'une volonté de « promotion » sociale : on singe le bourgeois non seulement en copiant son confort ou en adoptant ses manières de vivre (et parfois de penser, hélas), mais en respectant cette morale que — croit-il, le peuple — le bourgeois respecte encore. Toujours tabous, surtout tabous compris. Gide, Proust, Cocteau sont des bourgeois, ils ne craignaient pas grand-chose. Surtout à Paris. Au métallo, au maçon, ou à l'employé de banque qui se risquerait à vivre des amours comme les leurs, à se conduire comme eux et, comme eux, à l'avouer, je souhaite bien du plaisir. Sur son chantier, à son usine, à sa banque, on n'irait peut-être pas jusqu'à rouvrir le sac des chats et des sorcières, mais on s'ingénierait, dans son travail et dans son quartier, à lui dresser des bûchers à la petite semaine.

Prière, ô mon cœur, de ne pas oublier la loi — les lois. Que te sert de nourrir ton idée fixe (tu cherches, tu trouves ta moitié d'orange), si c'est pour te voir boucler seul en prison ? Solitude, celle-là, sans intermittences.

Avantage appréciable : je vis en France (ça se chante). Non qu'il fasse toujours soleil sur la France (comme ça se chante). Ce néo-Portugal en voie d'analphabétisation, aux mains de gangs d'affairistes affairés à mettre le pays en coupe réglée au milieu d'une hébétude torpide généralisée : ce n'est pas l'idéal. Mais quoi ! on n'y décapite pas les adultères, comme en Arabie Saoudite. Dans les pays de l'Est, à Cuba, dans ma chère Algérie, où la morale populaire s'exerce avec sévérité, l'appareil des lois gêne aux entournures les quêteurs de moitié d'orange. Ils en ont le geste court, là où il ne faut pas craindre d'embrasser. C'est encore en France que la législation, concernant les mœurs, contraint le moins. Oh ! ce n'est pas le grand rêve, le pied d'acier bleu. Le grand dégagement tous azimuts. LA FETE. Côté zizi, nous ne sommes pas encore vraiment civilisés. A quand ces lendemains qui roucoulent, où personne ne pensera plus à étiqueter le corps de personne, avec toute une signalisation style code de la route : sens interdit, stationnement limité, virage dangereux, voie sans issue — et une limite d'âge comme pour le permis de conduire ? Deux êtres se rencontrent, et une musique s'élève. C'est cette musique-là qui compte. Et personne n'a à y fourrer son vilain museau, surtout pas les gendarmes. France 1972, le paradis est encore clos de barbelés. En attendant, faut faire avec. Alléluia.

Par bonheur, les mineurs (je parle d'âge, non de métier) ennuient Denise. Ses vertus pédagogiques préfèrent s'exercer ailleurs.

Nature ! que de crimes on commet en ton nom ! On te tiraille, malheureuse, à hue et à dia. On te cuisine à toutes les sauces. Surtout les poètes, ces malfrats, en te tutoyant comme je fais — pardon. On te traîne dans la boue : hé, marâtre, « qui te ris des souffrances-z-humaines », ou bien, insulte pire que tout, voilà qu'un zozo à rimes te traite d'« impassible théâtre » ! Toute mauvaise que tu es. Ou bien toute bonne. Pas de milieu. En avant pour la célébration de la mère universelle, drapée dans sa haute et pleine majesté et pourtant qui m'invite et qui m'aime. Loi de la jungle, état de nature, le brut et le sauvage : on te condamne, chassons le naturel même s'il doit revenir au galop, on le piéaucutera derechef. Ou bien on t'enrôle, susurrant « doux guide mais non pas plus doux que prudent et juste ». On te sacre institutrice, nurse au sein toujours ouvert où plonger à la première alerte. On te jure obéissance. On place en toi tout espoir — en toi qui ne promets rien.

On te fait surtout dire ce que tu ne dis pas, trop maligne — ou trop indifférente. La multitude innombrable de tes réponses aussi variées que contradictoires équivaut au plus serein silence. Fort de ce silence qui refuse l'idée, on peut te faire dire ce qu'on veut te faire dire. Passez muscade.

Par exemple : en morale. Déjà l'idée de nature en art a provoqué les élucubrations les plus croquignoles — mais que la question se pose, on peut l'admettre. En morale ! J'en suis pantois. Comme si la morale pouvait être l'ouvrage de la nature ! C'est tout le contraire. Tout La Fontaine est là pour ricaner. Une charmante vieille chose comme Gabriel Sénac de Meilhan, quelqu'un de très bien, un « esprit distingué » de la fin du XVIIIe, considérait avec soupir « combien on s'éloignerait de l'humanité en voulant rapprocher les hommes de ce que l'on appelle l'état de nature ». J'hésite à citer Sade, sire de triste réputation — tant pis, allons-y : « C'est par un mélange absolument égal de ce que nous appelons crime et vertu que les lois de la nature se soutiennent ; c'est par des destructions qu'elle renaît ; c'est par des crimes qu'elle subsiste ; c'est en un mot par la mort qu'elle vit. » Nature et société sont aux antipodes. Ce qui explique la difficulté de temps comme le nôtre (et l'héroïsme chez certains), ou, selon la réconfortante formule de Ponge, les meilleurs d'entre nous essaient « d'abaisser notre prétention à dominer la nature et d'élever notre prétention à en faire physiquement partie pour que la *réconciliation* ait lieu ».

Introduire l'idée de nature dans l'ordre des mœurs, il faut être fou. C'est lancer un éléphant caparaçonné de nitroglycérine en cartouches dans un magasin de porcelaines. Mœurs contre nature, individus « antiphysiques » : fariboles et balançoires, balançoires et fariboles. J'imagine seulement la bobine, bouche en chemin d'œuf, paupières baissées, du sacré chœur entonnant, farouche et vigoureux, l'immortel sursaut de Papillon de Lasphrise (1555-1599) :

Renoncer la Nature, ha! quelle indignité!

Il me vient de ces savons sous la langue...

Paix, mon cœur. Regardons-y de plus près. Rassure-toi, ami. Loin de moi la malintention de t'infliger un cours sur la sodomie du caneton, l'homophilie du basset bavarois, l'hermaphrodisme récurrent du hareng de la Baltique, ou la bisexualité alternative de l'huître. Non. Je vais admettre cinq minutes la perspective, assez gaie, d'une morale naturelle. L'essentiel est d'être ce que me fit la nature, hein? on est toujours trop ce que les hommes veulent que l'on soit, n'est-ce pas? Ce serait forcer mon naturel, c'est pour le coup qu'il reviendrait, au galop, retour-boomerang, et pour quels ravages! Malheureux! Aperçois-tu le danger d'invoquer la nature? Je vais encore citer Sade, tu me pardonneras: « Eh quoi! (Sade s'énerve), les hommes ne comprendront jamais qu'il n'est aucune sorte de goûts, quelque bizarres, quelque criminels même qu'on puisse les supposer, qui ne dépende de la sorte d'organisation que nous avons reçue de la nature? » De quoi frémir. En morale, appeler la nature à la rescousse, c'est installer l'enfer à tous les étages.

Ne noie pas le poisson, vas-tu me dire.

Très bien. Mettons des points sur quelques *i*. En amour, la nature veut que l'acte vise à la procréation. Tout acte d'amour qui s'écarte de cette finalité est hors nature. Du hors-nature au contre-nature, le pas est si étroit que le voilà franchi sans qu'on y pense. Bon. D'abord premièrement : c'est à voir si la finalité de l'amour est aussi naturelle qu'on le prétend. En l'admettant même, et deuxièmement, les hommes diffèrent précisément en cela des animaux, qu'ils font l'amour en toutes saisons. Pas de rut cyclique avec brame. L'homme pratique toutes les mignoteries des hasards de la fourchette et de la fortune du pot. Exception faite pour les quakers du devoir conjugal (ô épouvante, mâle se secouant sombrement dans l'aveuglement d'étoffes sur sa femelle anesthésiée par le dégoût et qui confond depuis toujours le plaisir avec la colique), pour l'homme, sublimant le mécanisme de l'instinct dont il se délivre, l'acte d'amour est sa propre fin (que sait-on de ce qu'il est pour les animaux ? A-t-on recueilli les confidences d'un chat, d'un moineau ?). Il est donc condamnable, puisque hors nature ? Oui ? Non ? Et hors nature, contre nature, puisque stérile ? Non ? Oui ? C'est ça ? Toutes les amours stériles sont contre nature, et pas seulement certaines. A ce compte-là, la pilule, les contraceptifs, le planning familial, autant de pratiques contre nature. Rien de moins naturel que cette hétérosexualité-là. Beau résultat, voyez, quand on convoque la nature là où elle n'a que faire. Les tenants de la morale naturelle en amour sont des inconscients ou des sauvages. Ou c'est l'enfer, ou la saillie saisonnière, la bête-à-deux-dos ponctuellement procréante.

J'aimerais m'abandonner à une rafale de questions rageuses. La façon dont la majorité fait l'amour, c'est la normale. Donc anormale, celle dont use la minorité. Donc la normalité est affaire de majorité, et par conséquent susceptible de renversement ? Exemple : au regard d'une nation où il est normal — majoritaire (donc naturel ?) — de cultiver la polygamie (sans aller jusqu'au cannibalisme), la monogamie est-elle contre nature ? Sans doute. Patafiolant méli-mélo où le naturel et le normal, le normal et le légal, le légal et le régulier, le régulier et le général, le légitime et le conforme échangent leurs billes sans consulter les joueurs. En fin de partie, on subodore que le naturel est le fait de la majorité dans une société, sous un climat et à un moment de l'histoire donnés. Nature, marâtre ou mère ? aucune importance : je salue en toi le comble du relatif. Mais ne viens pas me chauffer les oreilles en ramenant ta fraise.

Au vrai : nous chipons les sociétés la main dans le sac à malice, en flagrant délit d'astuce escroquante. La nature a bon dos. Bonne fille, on la chasse ou on lui obéit au gré des combines. Quand ça arrange. C'est-à-dire quand l'ordre est en jeu. On en revient toujours là. « Il n'y a rien qu'on ne rende naturel, il n'y a naturel qu'on ne fasse perdre. » C'est de Pascal, quelqu'un de presque aussi bien que Papillon de Lasphrise. Nature, vertu, sagesse, raison, vérité : autant d'étiquettes interchangeables, c'est pratique, quand il s'agit de désigner l'utile à la communauté. Respecter la coutume, tout est là. L'empire de la coutume s'étend plus vaste que celui de la nature, c'est lui qui règne sur les mœurs, sur tous les rivages.

Prospective folâtre : la démographie galope, la surface de la terre ne bouge pas. Il arrivera bien un jour où il se posera comme des problèmes. La stérilité sera à l'ordre du jour. Cela commence, j'ai lu qu'on euniquifait des Pakistanais — ou des Indiens, je ne sais plus — avec prime à l'appui. Et si la Sécurité Sociale allait envisager de verser des allocations aux amours stériles ? M'est avis qu'il y aura du remue-ménage du côté du « nature » et du « contre-nature ».

Mes questions rageuses, je les laisse sans réponses. Je répondrai aux seules deux que mon professeur Alain Bourgeois m'avait amené à poser : nos plus grands désirs sont les plus inavouables, et ils le sont, inavouables et les plus grands, parce qu'ils sont les plus contrariés. « Nos vrais plaisirs consistent dans le libre usage de nous-mêmes. » C'est de Buffon. Rien que de *naturel* si je le sors à ce détour, comme un lapin de mon chapeau.

Calme, mon cœur. Les philosophes ont tout dit là-dessus. Je me contente de te renvoyer, lecteur, à Montaigne. Cher Montaigne. Il avait trouvé sa moitié d'orange en La Boétie.

M

Complications avec l'Autre.

1° Dénichage.

Est-ce toi ? toi ? ou toi ? A qui tendre la main, index dardé vers l'index de l'autre mais encore endormie ? et le contact éveille le doigt, la main répond à mon appel, puis le bras, le corps entier semble naître comme l'Adam de Michel-Ange, il naît pour moi. Ou bien naître pour l'autre. C'est moi qui sors du sommeil de l'argile. Inerte, j'attendais. C'est vers ma main engourdie qu'une autre main se tend. Ma main s'ouvre en corolle. C'est l'aube. Le jour se lève, non pas *sur* mais *dans* nos visages, nous sommes seuls à voir sa lumière.

Visage, lumière. Les deux mots que je préfère. Je suis quelqu'un pour qui les mots existent. Un mot, ce n'est pas seulement un petit peu de vent qui s'échappe des lèvres, ça, c'est une bulle. Dessin quand j'écris, musique quand je parle, les mots vivent. Ils naissent, changent, vieillissent. Ils meurent comme des personnes. J'entretiens avec eux les mêmes rapports qu'avec les personnes. Il y a des mots que je ne fréquente pas, je les déteste, j'en méprise certains. D'autres dont je me sépare difficilement : je les aime. Visage et lumière.

Le visage est théâtre de peau. Evidence de la scène, du décor. Le/les personnages y paradent ; le plus souvent ils jouent sans sortir des coulisses. J'ai beaucoup voyagé, enfin... pas mal. Je goûte les beaux paysages, oui oui, bien sûr, comme tout le monde. Je les trouve reposants. Mais je n'ai peut-être pas encore l'âge où l'on voyage pour se reposer (si je l'ai jamais). A la cascade spectaculaire, je préfère la ville et dans la ville l'homme. Sauf à Paris (où, Diogène, j'ai tant cherché l'homme que chaque pierre est devenue pour moi un visage), les choses ne me parlent guère. Ce sont les gens qui m'attirent. Et dans les gens, ce qui pèse, ce qui dépose, ce qui s'accumule au fond. Ce feu souterrain, qui fait de chacun un être irremplaçable, et dont le regard me transmet l'éclat. Quel désir alors en moi de plonger ! « Mes idées, disait Diderot, ce sont mes catins. » Mes catins à moi, ce seraient plutôt les visages. Le vôtre, le sien, cet autre, et toi et toi et toi. Je suis amateur de visages, c'est ma passion.

Quant à la lumière... C'est précisément l'éclat de tous ces feux souterrains. C'est le monde devenu rayon. Sans lumière, plus de chaleur, plus de couleurs, tout est gris, froid. Peut-on concevoir la vie sans lumière ? La lumière, c'est le monde qui se fait regard. Et regard vivant.

L'essentiel pour moi, c'est donc de faire coïncider visage et lumière. Peut-être est-ce cela l'amour ? Rien à voir avec la beauté. Un visage laid peut étinceler de la plus dorée des lumières. Et je connais de beaux, de très beaux visages, qui sont éteints. Pour moi ils sont morts. Question de regards. Et combien de regards morts autour de vous ? Alors je tends la main, l'index. J'émeus l'argile.

Bonheur des foules. Peut-on rêver plus bel arbre de visages ? La foule est solitude peuplée. Lieu idéal où se livrer à ce que, dans l'un de mes romans, *la Sourde Oreille*, j'appelais « le Beau Jeu ». La foule anéantit l'isolement, elle ne tue pas la solitude, elle en favorise les intermittences. L'autre éveillé parmi les autres, elle se referme sur cet autre et moi. Solitude à deux qu'elle protège, avant de se retirer pour offrir l'isolement, cette fois comme un cadeau.

Mais il y a foule et foule. Il y a des foules bêtes, un énorme animal stupide — foule des stades, des spectacles du style Guy Lux, des visites collectives à la Foire de Paris, des caravanes de touristes français à l'étranger — je cours encore. Il y a des foules dont le bain vous grise comme un alcool : quand elle signifie vaste aspiration unanime (foule des manifestations politiques) ou possibilité, à chaque seconde renouvelée, de *la* rencontre — le jour dans un regard. Foules des ports méditerranéens. On y *descend* comme dans l'eau. La foule, la foule toujours recommencée. La multitude des visages armés de regards enivre comme les facettes de la mer. Bouillonnement de la ville, vagues profondes où il fait bon nager, parfois bon se noyer. Flot d'existences collées les unes aux autres, s'entrefécondant, pétillant fumier des ports sous le grand soleil ou dans la nuit chaude, exaltante et nécessaire pourriture humaine, bruits, contacts, visages, des milliers de visages, ce brun-là sort du cinéma *Rex*, cet autre, ce blond, tourne boulevard Belzunce, il examine son reflet, ô Narcisse, dans une vitrine, le suivre ? Dans les foules méditerranéennes personne ne paraît avoir de but. Tous disponibles comme moi. Ce nègre en bleu de chauffe marche avec la même indétermination que ce gentleman à serviette de cuir. Un groupe de femmes entoure le flic qui gesticule dans l'espoir de discipliner la circulation. *On* me frôle, l'œil interrogateur. Je me laisse porter. Ballotter. Tirer, haler par mon regard embrouillé dans un autre regard comme deux crins armés d'hameçons jusqu'à ce carrefour. Au carrefour se pose le problème de chaque carrefour : quel chemin ? Je n'ai ni droite ni gauche, je ralentis, coups de coude, je m'arrête, remous, je fais la planche, j'attends que le hasard, la lumière d'un visage ou l'éclair d'un regard me harponnant de nouveau choisisse pour moi. Je joue alors des coudes comme d'une brasse rétrécie. Il s'agit de nager ni trop loin, risquant de perdre tout sillage, ni trop près, à la merci d'un arrêt de l'autre ou d'un nœud du courant qui me déposerait en aval — volte alors de π, remonter le courant comme on grimpe un escalier, la respiration prudente, le pas appuyé comme en montagne, évitant tout arrêt par crainte d'être balayé par une vague. Volupté de voir venir. En même temps que vérification élémentaire : face ne tient pas toujours les promesses de pile.

Les à-coups de la filature et l'horreur des surprises désagréables soumettent ma démarche à de brusques voltes. Mon amie la foule protège la manœuvre.

A New York, pas de regards, pas de visages, personne ne vous voit, vous êtes de verre : transparent, cassable, vous casse-t-on, tout le monde s'en fout. A Paris, il y a des regards, des visages — des regards trop souvent hargneux et les visages vous font la gueule du roi de trèfle. C'est dans les pays arabes que je trouve la foule que j'aime. Elle coule de tous côtés, devant, derrière, elle oscille, va, vient, par endroits semble s'endormir, stagne, clapote, rebouge, tourbillonne. Foule vigoureuse, pourtant oisive, ou plutôt clandestinement travaillée d'affairements illicites qu'elle camoufle en oisiveté. Furtive, rapide, souple, silencieuse, toujours présente et pourtant jamais là, c'est-à-dire attentive avec tant de discrétion dans la vigilance que sa présence ressemble à une absence. Et pourtant. Des regards par constellations, des sourires par bouquets. Lumières et sourires qui passent de visage en visage sitôt les regards accrochés, et n'attendent qu'un signe, si furtif soit-il, lui aussi, pour que l'absence devienne présence. Un prompt filet m'enveloppe de la tête au pied. Je me sens évalué, soupesé, apprécié. Alors, en manière de dérobade, pour jouer, loin de détourner mon regard, j'en atténue seulement l'éclat, je ferme à demi les paupières. C'est cela le Beau Jeu, le jeu de la mer et de la foule : défi et fraternel appel, duel et complicité. Irremplaçable chaleur : elle se confond avec le poids du soleil.

Est-ce cette chaleur-là que quêtent les *training groups* importés d'Amérique ? « Ateliers relationnels » où des gens venus des quatre horizons et de toutes les classes sociales s'entraînent à se connaître, soi et les autres, hors des voies normales proposées par notre société. On se palpe, on se flaire, on se parle dos à dos, on rit, on pleure, on se fait guili-guili, on marche à quatre pattes et les yeux fermés, on se mélange. J'ai assisté, sur la plage de Cannes, à une exhibition de ces groupes d'entraînement. Lugubre. D'abord ils étaient laids, si peu appétissants que c'était tourment que les contempler s'entreléchant en proie aux minuties d'une palpitation hagarde. Et puis leur démonstration, toute commerciale, s'adressait aux badauds de la Croisette. Mais il est possible que ces groupes deviennent foyers. Entre le choc et la caresse, balancés de la fureur à la somnolence, les refoulés, les complexés, les inhibés, les « bloqués », tous ceux qu'intoxiquent les poisons que chacun sécrète en son for intérieur, toutes les victimes de la pollution intime causée par les cadavres de nos désirs qui flottent, poissons crevés sur les eaux d'une rivière transformée en égout, il est possible que tous, autour de ces foyers, reprennent cœur jusqu'à réanimation complète. Et peut-être, le miracle complétant la résurrection, dénicheront-ils leur moitié d'orange ? Ah ! ne plus s'en tenir à la parole, mais s'en remettre aussi au vocabulaire des gestes, au message des odeurs et des goûts, au poids des attitudes, pour explorer les limites de sa liberté en découvrant, pour les respecter afin de les franchir sans viol, celles de la liberté des autres ; pour espérer, comme l'affamé espère le pain, l'assoiffé l'eau de la source, que s'évanouisse le huis clos de notre sac de peau ! De ce huis clos, dans notre civilisation qui s'ingénie à isoler l'individu au milieu des foules et qui l'isole pour mieux le mutiler (il se fondra plus facilement dans le troupeau), il arrive, même aux forts, de suffoquer comme d'un air raréfié. Ils bâillent alors à en mourir, à la façon des carpes sur le sable.

Je ne veux pas bâiller, même pour respirer. Ce bâillement-là ressemble trop à celui de l'ennui. Je hais l'ennui. L'ennui réclame qu'on tue le temps. Comme si on en avait le temps ! toutes les foules à sourires où je n'ai pas encore nagé... Contre l'ennui ma curiosité me cuirasse. Elle est intense. Je suis curieux, c'est là mon vice. Combien de fois ai-je fredonné, alors que le vertige m'aspirait dans la vie d'un autre,

Histoire
de voir
ce que ça donnera
histoire
de voir
si ça rendra

Ce refrain d'une chansonnette justement oubliée, voilà mon hymne. On comprend que les objets ne m'intéressent que dans la mesure où ils sont susceptibles, eux aussi, de m'aspirer — dans la mesure où ils sont vivants. J'aime déboutonner, comme de grosses canadiennes successives, les épaisseurs de chair, parvenant enfin à l'être frileux et vrai qui s'emmitoufle si prudemment. J'ai devant moi vous, lui, moi, l'Autre, le manteau ou l'imperméable, le pull-over ou le blouson, la chemise. J'enlève le manteau ou l'imper, le pull ou le blouson, la chemise, et je trouve la chair, ce que vous, lui, moi, l'Autre sommes pour les étrangers. Cette enveloppe, je la déboutonne : vous, lui, moi, l'Autre plus intime, voici ce que nous sommes pour ceux qui croient nous connaître. Je déboutonne : ce que nous sommes pour notre famille. Je déboutonne : ce que nous sommes, les yeux fermés, dans le secret du monologue intérieur — quand nous l'osons. Je déboutonne : vous, lui, moi, l'Autre dans le secret du sommeil. Je déboutonne : oh ! frileux et vrai, l'être que nous ignorons que nous sommes et que nous sommes pourtant et que quelques autres peut-être savent que nous sommes. Je déboutonne, je déboutonne, j'arrache les peaux : enfin vous, lui, moi, l'Autre ignorés de tous et vivants. Le cœur. Le noyau. Ai-je seulement terminé ?

Autre vice (je sais que c'en est un pour beaucoup de gens) qui m'aide, me soutient, m'inspire, dans ma quête de l'Autre : la tolérance. Ce qui ne signifie pas seulement que je me découvre dans une église, couvre dans une synagogue, déchausse dans une mosquée — pareille attitude relève de la politesse humaine. Toute persécution me soulève de fureur et de dégoût, et pas seulement celles qui se fondent sur des motifs religieux. La diversité des races et des peaux, des mœurs et des opinions, des goûts et des couleurs m'enchante. Pareille richesse m'enrichit. Autant de gagné pour la curiosité. Aussi travaillé-je à me trouver d'accueil comme d'autres se trouvent d'accord. Pour mieux *lire* les visages et, si le veut mon bonheur du moment, pour y mieux faire lever le jour, je cultive, plus encore que la sympathie, la connivence, la complicité. J'aime partager, comprendre, favoriser. J'aime aimer. Je rencontrai, il y a plus de vingt ans déjà, un de mes anciens camarades de la khâgne d'Henri-IV assis à la terrasse du Flore, les bras croisés, le visage fermé comme un poing, ah fichtre non, pas question de lumière dans son regard, je lui ai posé la question rituelle par quoi s'engagent les conversations sans importance : « Qu'est-ce que tu fais ? — Je hais. » Fin de la conversation. Je hais mal. Je ne sais sans doute pas. Peut-être est-ce une force qui me manque ? Je ne crois pas que Graham Greene ait jamais rien écrit de mieux que cette phrase, c'est dans *la Puissance et la Gloire* : « La haine est une défaite de l'imagination. » Si rien ne justifie plus ma curiosité, ou ma complicité (je ne parle pas encore d'amour), l'indifférence suit. Et l'ennui. Je me rappelle alors ce proverbe arabe : « Si tu veux que quelqu'un n'existe plus, cesse de le regarder. »

2° Reconnaissance.

Abordage — conversation — « commerce ». Est-ce bien toi ? Intellectuellement, affectivement, physiquement, es-tu bien ma moitié d'orange ? Les scrupules de l'historien m'obligent à préciser que, dans l'ordre chronologique, le physiquement précède. C'est avec le reflux de l'après — le temps mort — que les embarras de l'examen surgissent. Ce temps mort l'est-il vraiment, mort ? Si oui, méfiance. Une erreur se cache quelque part. De quel ordre ? Et voilà l'écheveau des complications.

Je suis, tu es, nous sommes sacs de peau. Au vrai pas si faciles à déboutonner. On se frotte l'un sur l'autre, comme de grands savons, et puis après ? La difficulté de communiquer, dont les arias du téléphone national sont le symbole dérisoire, c'est aujourd'hui, je le sais bien, la tarte à la crème ; on y trouve l'explication commode d'un malaise diffus, d'une crise de civilisation qui tient beaucoup moins à la difficulté d'être soi et d'entrer en relation avec autrui qu'à l'omnipotence du fric-roi subordonnant tout aux sacro-saintes lois de l'expansion économique, déglinguant tout au nom d'une consommation condamnée au galop obligatoire, à commencer par la nature et les rapports entre les gens de plus en plus fondés sur ces sournoises épreuves de force que sont profit, clientèle et publicité. N'empêche, la difficulté existe : aucune loi des sacs communicants.

Bien sûr, la paire de claques ou la caresse sont d'une clarté immédiate. Que la main se ferme pour l'uppercut ou s'épanouisse pour le frôlement baladeur, le message paraît limpide. Voire. Il y a un mensonge du geste. Et si le geste ne ment pas, la communication, pour claire qu'elle soit, me semble courte. Trop incomplète en tout cas pour la réalisation de mon idée fixe. Les méandres de l'exploration identificatrice débutent seulement. Ce baiser, ce poing ou cette main baladeuse, pourquoi ? et de qui à qui ? J'ai besoin du va-et-vient des demandes et des réponses — la navette de l'inquisitoire. C'est alors que les fils s'embrouillent. Le langage arrange peu les choses. Prudence. Ralentir. Danger. Profiter du temps « mort » pour avancer pouce par pouce. Est-ce que je/tu pense(s) ce que je/tu dis ? Est-ce que je/tu dis ce que je/tu veux dire ? Et d'abord est-ce que je/tu pense(s) ce que je/tu veux penser ? Et toi, mon Autre, est-ce que tu comprends ce que je te dis ? Tout dialogue est plus ou moins dialogue de sourds : « Tu vas à la pêche ? — Non, je vais à la pêche. — Tiens, je croyais que tu allais à la pêche. » Cette plaisanterie plus éculée que les savates du Juif Errant ne fait même plus rire dans les casernes. Il sied de considérer avec respect son crépitement fuligineux. Saluons la formule de l'angoisse existentielle. Je salue.

N'exagérons rien. J'aime les îles, bon, morceaux de terre entourés d'eau de tous côtés. Et, oui, c'est vrai, chacun est île, chacun peut se faire île. Même île déserte pour peu qu'il s'y applique ; et plus rien ni personne ne l'empêche de réinventer le catalogue du Salon des Arts ménagers comme Robinson Crusoé, ou de jouer à pigeon-vole avec un ornithorynque comme la Suzanne de Giraudoux : il suffit de faire la sourde oreille à toute rumeur née de la mer, à tout appel qui risquerait de troubler la quiétude. Mais si Robinson (ou Suzanne) désire qu'il lui arrive des choses ? S'il (elle) espère Vendredi ? Robinson n'est pas assez candide pour croire qu'il suffit de prêter l'oreille à Vendredi pour que Vendredi l'entende et qu'il s'entende avec Vendredi. Quel silence entre les hommes ! et que de silences quand ils parlent ! Robinson pense cependant qu'il y a dans la cascade des malentendus, dans la kyrielle des erreurs, une large part de mauvaise volonté, que l'on farde des apparences de la malédiction métaphysique ou de la fatalité sociale. Si Robinson-Suzanne réussit à s'intéresser à Vendredi sinon plus du moins autant qu'à lui-même, est-ce que ça ne facilite pas un petit peu la communication ? Proposition démodée, ridicule, anachronique, et qui peut, par conséquent, sembler originale : si Robinson essayait d'avoir du cœur ? Faut-il remettre le cœur à la mode ?

Coupons court : je te reconnais, c'est toi, c'est bien toi. Mon paradis et mon enfer. Comment définir l'amour ? Une obsession mentale et physique, une faim, qui en fait un « sentiment » peu convenable — Dieu merci. Comme dit le poète : « Je n'ai plus que toi de chemin. » Reste à savoir pour combien de kilomètres.

3° Conservation.

Je me méfie du mot, de l'idée de *fidélité*. Fidélité, qu'est-ce que ça veut dire ? Et dans quelles limites rester fidèles ? Conçoit-on des accommodements avec la fidélité ? On est fidèle ou on ne l'est pas, un point c'est tout. Je devine dans « fidélité » une soif d'absolu, surtout une obligation d'être immobile, qui me glace. On *demeure* fidèle. Si parcours il y a en compagnonnage avec ma moitié d'orange, cette marche à deux ne me paraît convenable que comme une association respectant la liberté des deux compagnons. La fidélité n'est admissible que lorsqu'elle coïncide avec l'amour partagé. Et encore. Une aventure sexuelle « extérieure » (la vie est si courte) ne doit pas pouvoir remettre en question amour et compagnonnage — dans la mesure, expression pour moi d'une nécessité évidente, où les deux se superposent.

Buffon, que j'appelle pour la seconde fois à mon secours, est, dans son *Discours sur la nature des oiseaux*, catégorique : « Les oiseaux montrent plus de constance en amour que les quadrupèdes. » Nous sommes quadrupèdes sur ce chapitre. Garder l'autre et se garder pour l'autre, c'est cela faire l'amour. Que de soins cela exige! et de chaque instant. C'est une création continuée. Tout s'arrête, tout meurt si l'on se contente de recevoir sans rien donner. Ou — pour recourir à un vocabulaire immédiatement compréhensible, à une « sémantique en prise directe » — tintin pour consommer sans payer.

Pire, et plus scandaleuse, l'erreur qui consiste à croire que tout sacrifice consenti à l'autre c'est autant de perdu par moi, pour moi ; que cela prouve mon « aliénation », que je suis le théâtre de je ne sais quelle colonisation, territoire occupé par l'ennemi et qui pantèle dans les maquis de la résistance en attendant la libération. Je sais, l'amour cela peut être cette guerre, cette captivité. Cette folie. Je crois à l'amour fou. J'en ai peur comme de la peste. Fini le beau jeu. D'autant plus que rien ne prouve que je ne me trompe pas, que c'est bien là la moitié d'orange. Combien de fois me suis-je égaré ? Je m'évertue à ne pas continuer. L'amour est désordre, déséquilibre, il dérange, il me dérange, Vendredi ne peut être qu'un étranger, un intrus — un *sauvage*. Mais je ne me lasserai pas d'apprivoiser ce sauvage, je ne me lasserai pas d'échanger nos secrets. Dans mon île devenue notre île, je ne me lasserai pas d'essayer de trouver avec lui, ni maître ni esclave, un ordre et un équilibre.

J'ai rêvé un jour qu'il devait bien y avoir, pour que la marche à deux compte le plus de kilomètres possible, des formules, un philtre, des herbes, un mode d'emploi, des sortilèges, un code de la route. J'avais imaginé (cela remonte, sauf erreur, à mon service militaire) une recette. La voici.

Méditation sur l'amour et l'imprévu
en forme de petit billet badin.

Quand l'expérience vous a appris (généralement à vos dépens) combien la plus grande passion est menacée par l'habitude, on imagine de quel secours peut être pour l'amour l'irruption de l'insolite. Elle rafraîchit le regard, renouvelle la caresse, donne du ragoût au baiser, bref « dépouille le vieil homme » (ou la vieille femme). Nous voilà de nouveau nus pour le miracle. Soigneusement débarbouillés de l'habitude anesthésiante, nous continuons d'aimer comme au premier jour. Le fantastique — qui est l'insolite à la nième puissance — aide à tuer le temps. L'amour ne vieillit plus, qui ne connaît plus l'accoutumance.

Sur ce point, comme sur les autres, la mythologie nous enseigne : Jupiter approchait les belles en usant de la métamorphose. Ni par pudeur ni par timidité, on s'en doute. Mais il avait compris l'impor-

tance, en amour, de la mise en scène. De la mise en scène « dérangeante ». D'une mise en scène qui, modifiant les conditions, les circonstances de l'amour, oblige l'autre à se poser des questions. Et quand l'autre se pose des questions à propos de l'autre et de la façon dont cet autre l'approche, un grand pas est fait vers Cythère.

La leçon de Jupiter ne s'arrête pas là. Le père des dieux s'est métamorphosé en taureau, en pluie d'or. Symboles transparents. Le fantastique amoureux doit-il être dominateur ? La mise en scène doit-elle faire ressortir la force du partenaire — que cette force soit physique ou financière ? Mais, le cygne ? Jupiter n'entend-il pas exalter, à côté de la puissance des reins et du porte-monnaie, la grâce, la beauté, le charme, la séduction qui n'est qu'elle-même ?

Toujours est-il que la conclusion reste la même : le fantastique faisant la force principale de l'amour, il importe que tout être aimant obtienne de la part de son partenaire, etc. Mes lecteurs compléteront d'eux-mêmes.

Soyons Taureau, Pluie d'or ou Cygne. On a compris que, par mise en scène fantastique, il ne s'agissait pas de lumières roses, ni de ce porto-gâteaux secs qui bouleversait nos grand-mères. Mais d'un fantastique intérieur, d'une métamorphose intime. La Jag n'éblouit qu'un temps. C'est en nous-

mêmes qu'il faut trouver notre magasin d'accessoires (j'allais dire d'«illusionniste», mais je me refuse aujourd'hui à être pessimiste).

Et qu'on ne me dise pas que, une fois marié... Quelle erreur! C'est alors que le fantastique devient vital — puisque l'accoutumance risque de devenir mortelle à l'amour. Il est vrai que la situation se complique, puisque c'est au regard d'un être qui ne change plus qu'il faut que nous nous renouvelions sans cesse. Mais quoi, n'oublions pas que relèvent aussi du fantastique les inépuisables richesses du mensonge.

Il me faudrait, aujourd'hui, remplacer le mot « marié ». Ou lui donner une acception irrégulière, hors toute consécration sociale, et encore plus religieuse. Et supprimer le mot mensonge. Il faut être jeune pour inventorier les «inépuisables richesses» du mensonge. Il faut du temps. Je n'en ai plus assez pour mentir. Mentir me fatigue. Tous ces calculs, ces échafaudages, cette surveillance de soi... C'est toujours reculer pour mieux sauter. Et puis mentir, je ne sais plus. Plus assez de mémoire, je m'embrouille, j'oublie mes fables.

Il y a aussi que la quête de ma moitié d'orange implique ce postulat: l'Autre, au confort nocturne du mensonge capitonnant, doit préférer le jour blessant de la lucidité. C'est dans les inépuisables richesses de la sincérité que nous chercherons le fantastique nourricier. Ensemble.

N

Le temps. Il épuise mes chances de la découvrir, cette épaule sur laquelle j'espère sans cesse pouvoir un jour reposer ma tête. L'Autre existera-t-il ? Il a existé, je l'ai rencontré. Le rencontrerai-je encore ? et jusqu'à quand ? Les nostalgiques du passé prétendent que le premier amour marque pour toujours une vie. Faux. C'est celui que je suis en train de vivre qui marque ma vie. A partir de quel âge est-il celui qu'on croit devoir être le dernier ? Ma vie, que l'Autre marquera de sa présence, sera de plus en plus courte. Elle rétrécit déjà à toute vapeur.

Me suis-je senti vieillir ? Se réveille-t-on un beau matin avec quarante, cinquante ans derrière soi ? Ou voit-on l'âge venir de loin ? Je l'ai vu venir. De très loin. Avec ses gros sabots enveloppés de linge pour feutrer son approche. Je l'ai vu venir mais il a mis du temps. A cause de, ou grâce à, je ne sais pas, mon métier, celui de professeur ; que j'ai longtemps exercé. J'ai vécu avec des gens qui ne vieillissent jamais, mes élèves ; ils ont chaque année le même âge puisqu'on me les renouvelle chaque année. Repères impitoyables. Nous nous écartions, l'un des autres, chaque année davantage. Je le sentais dans leur regard, dans leur attitude. J'étais de moins en moins l'un des leurs. Je travaillais pourtant à ce qu'ils ne me *respectent* pas (le respect crée la marge, on se recule pour saluer), n'empêche, le fossé grandissait, que je m'épuisais, chaque année moins espérément, à combler.

J'ai renoncé. Avec une résignation que je voudrais souriante. Je suis vieux, c'est bon, j'ai compris. Je tolère l'intolérable ennui de voir mon corps changer, et certainement mon esprit — à quoi remarque-t-on l'équivalent intellectuel du double menton, du pli aux hanches, du début de ventre ? Ils me trahissent. Je ne peux pas leur en vouloir. « Ne vous appuyez point sur un roseau qu'agite le vent et n'y mettez pas votre confiance, car toute chair est comme l'herbe et sa gloire passe comme la fleur des champs. » J'ai lu ça, sur les conseils de Balzac, dans *l'Imitation de Jésus-Christ*. Mon corps, mon herbe, ma fleur des champs, vieux compagnon, il m'a rendu tant de services : il commence d'avoir fait son temps.

Je sais que c'est un drame pour un homme, d'être beau. Pas par expérience personnelle, on me croira sans peine. Par ouï-dire. Je connais des hommes, parce qu'ils sont beaux, habités d'angoisse à l'idée de vieillir. Le temps les tue à petit feu. De pli en cal, de bouffissure en affaissement. Supplice affreux : ils meurent un peu plus à chaque ride. Moi pas. J'ai appris très jeune (Alain Bourgeois) que la sclérose du cristallin commence à vingt-cinq ans. Drôle de choc. Mais une fois le choc essuyé, cette nouvelle m'a comblé d'une sérénité qui dure encore. J'accueille l'âge avec ce sourire que vous me voyez, et cette mince lueur amusée au coin de l'œil. La petite lumière de la curiosité. Ne fais-je pas mieux que de me plaindre ? Curiosité toujours. Et connivence.

Un jour, j'ai pensé à un film, ou quelqu'un m'en a suggéré l'idée, je ne sais plus. Voici : à raison d'une image par an, prise à la même date, dans les mêmes éclairages et décor, photographier le même visage, le visage du même homme. De sa naissance à sa mort. Et cela dans la même position : de face, les yeux droit dans les yeux de qui le regarde (la caméra). On monterait des images à la queue leu leu, en fondu enchaîné. On verrait le visage grossir, se former, s'affirmer, devenir beau ? laid ? de beau s'enlaidir ou le contraire, les coups commenceraient de pleuvoir, avec leurs traces, vingt-cinq ans : la sclérose du cristallin (est-elle *lisible*, à quel trouble de la lumière ?), ce serait alors le commencement de la fin, plis, cals, bouffissures, affaissements.

Et puis la sourde, la lente, la progressive apparition des os sous l'argile fendillée, desséchée, craquelée, le nez qui se pince (fin du tarin, arrivée du bec), la bouche qui s'avale (adieu les lèvres, margelle du baiser, mes lèvres tordues et le souvenir du rude baiser glaciaire), les joues qui se creusent, et toujours le regard, ce regard-là, jusqu'à extinction. La dernière image : les paupières closes. La nuit. Fin. Le film s'appellerait *Visage Lumière*. Le chiendent : il faudrait au moins toute une vie, celle du *sujet*, pour le tourner. Mais on aurait vu la vie passer comme un jour, aube, matin, midi, crépuscule, soir et la nuit. On aurait surpris la mort en plein travail, puisqu'elle commence à travailler en nous dès notre premier cri. On pourrait la contempler, araignée obscène et infatigable et patiente, l'immonde, comme sous une cloche de verre.

De ce film, où en suis-je ? Plutôt loin. Vous la voyez, la bête sournoise ? Moi oui. Mes cheveux me quittent. C'est peu de dire qu'ils tombent, ils me laissent tomber. Leur abandon agrandit un front qui n'en finit déjà plus. Et ce gaufrage fripé, une peau de grenouille, autour des yeux. Et sous le menton, devant la gorge, cette amorce de drapé qui pend — il tremble quand je ris. Une cravate serrant le col, cette petite débâcle, au moins, passerait inaperçue. Tant pis. Je préfère sentir libre de tout lien ce socle, cette courte colonne, cette forte tige par où tout circule, souffle, sang, nourriture ; qui rattache mon ami mon corps à cette face qui lui sert de pilote.

J'ai parlé des coups lisibles sur mon visage. Mais les caresses ? Laissent-elles des traces ? Et si leurs traces marquaient davantage ? Et si c'étaient leurs traces, précisément, ce chiffonnement du côté des tempes et des paupières, cette courte draperie entre menton et cou ? Je pense aux mains nues qui ont lissé ce front, suivi le dessin de ces sourcils, avec une légère pause sur la cicatrice en virgule. Je pense aux lèvres qui se sont promenées sur ces joues, sur ces yeux, jusqu'à s'immobiliser sur cette bouche qui cessait alors de sourire pour s'ouvrir à cette faim déraisonnable, à cette soif furieuse, qui vous poussent à manger, à boire l'autre qui vous mange et boit en un bouche-à-bouche aussi nécessaire qu'à l'asphyxié. Je me répète que tout cela est en train de finir. Plus que mes mains nues, mes mains à moi, pour toucher mon visage ? En aurai-je encore envie ? Ce sera pour continuer à me lire — pour essayer du moins — à la façon des aveugles.

Je n'ai pas peur de vieillir. J'ai peur de vieillir mal. J'ai peur que mon idée fixe ne se prenne à tout gâter, comme le ver gâte un fruit. Je souris toujours, je me tiens toujours comme sur le seuil d'une porte — d'accueil, d'accord — la porte grande ouverte. J'ai peur de ce que je suis capable de faire pour que quelqu'un entre encore. La panique m'inspirera quelle gymnastique, ou quelles grimaces ? J'ai peur que, fouetté par la terreur d'une solitude sans intermittences, mon goût de la complicité ne dégénère en complaisance coupable. J'ai peur de Denise. Je l'ai toujours à l'œil, je lui tiens les rênes courtes, elle ne m'en garde pas rigueur, reconnaissante plutôt. Mais demain ? Mais tout à l'heure ? Ai-je peur des nouvelles générations ? Cette multitude d'autres qui me bousculent devant eux sans même me voir ? Qu'en attendre ? Je les aime. Je les déteste — lorsqu'ils sont très beaux ; mea maxima culpa, c'est très vilain. Je les envie. Leur chair fraîche, cette réserve de forces neuves, tout ce possible : le Beau Jeu. Ils m'agacent : la plupart du temps ils jouent trop mal, quel gâchis. Ah si l'on pouvait recommencer la partie en sachant ce que l'on sait... Lamento classique, mais la banalité n'en diminue pas l'amertume. Sont-ils si différents de nous ?

Moins naïfs, certainement, et ils ont bien raison. Nourrissant moins d'illusions concernant le monde qui les attend et que je contribue bon gré mal gré, plutôt mal gré, à leur préparer. Ils sont plutôt directs, plus rapides — sexuellement, par exemple. Je me demande si, dans la mesure où leur idée fixe ressemble à la mienne, cette « décontraction » les aide à trouver leur moitié d'orange. Il me semble qu'ils cessent très tôt d'être jeunes. Vieilliraient-ils plus vite que moi ?

J'ai peur que ma vieillesse ne soit laide. D'une laideur interne. Que l'usure causée par l'intensité même de ma quête, jointe au tourment d'un isolement définitif — l'île déserte jusqu'à la fin de mon temps —, ne me ronge comme une lèpre. Je m'imagine célibataire à la Montherlant, vaguement émergeant de la crasse et des croûtes de pain, tournant autour de mon nombril (revanche et châtiment de Narcisse) comme la chèvre attachée tourne autour de son piquet : la place est plus pelée qu'un vieux tapis. La savate laissant derrière elle la trace luisante des escargots. De l'eau plein la cervelle. Le gâtisme au cul verdâtre. C'est lui la Grande Peur. Mon père en est mort avant sa mort. Des images de lui me collent à la rétine, je voudrais les gratter de mes ongles. Papa matraqué par « l'attaque », titubant avec le roulis de l'ivrogne ou du boxeur sonné ; sur son visage dont tous les traits coulent vers le bas, comme sous l'effet d'une pesanteur brutale, la lumière se fait grise ; le regard s'éteint ; l'œil est parfaitement rond, comme un œil de poule. Et vide. Fin du langage. Papa transbahuté d'ambulances en lits d'hôpital, manipulé comme un sac de chiffons. Il est déjà mort, il reste ça. Une chose. J'ai passionnément haï cette chose. J'ai souhaité avec violence qu'on nous en débarrasse — qu'on nous en nettoie. J'ai détesté les médecins, mon frère compris, qui s'escrimaient à prolonger la survivance de ça, à coups de piqûres et de tuyauterie dans les narines. Au-dessus, l'œil rond. C'était obscène. La vraie mort — enfin ! — le fut moins, qui l'est toujours.

Après la mort de papa, j'ai retrouvé dans le tiroir de sa table de nuit un comprimé de cyanure. « Je ne serai jamais gâteux. » Je me rappelle la fermeté farouche de cette affirmation. Sûr : s'il avait pu demeurer à proximité de sa table de nuit, et si les brumes maléfiques de l'attaque, son roulis d'ivrogne lui en avaient laissé la liberté, papa eût gobé son poison. Il se serait épargné, et à nous, la laideur pathétique de sa sortie.

Retrouvé aussi ça, dans ses papiers. Qui date sans doute de sa période montmartroise. A un âge où l'angoisse de vieillir et l'inquiétude de la déchéance, rendue improbable par l'éloignement, participent des poncifs lyriques. P'tit Louis poétise avec ce mélange de culture traditionnelle et de gauloiserie, où je me plais à le retrouver vivant.

REMEMBER

Souviens-toi quand jadis, arrogant et
[superbe
Tu rentrais triomphant au temple de Vénus.
Ton passage, un instant, écartait le brin
[d'herbe
Qui frisottait au pied du secret tumulus.
A travers la forêt qu'on eût pu croire vierge
Mais où la main de l'homme avait déjà
[passé
Tu savais pénétrer... sans parler au
[concierge.
Deux fidèles amis te suivant empressés,
Ivre de ta jeunesse et fier de ta stature
Dans les vallons touffus tu marchais sans
[faillir,
Sans reproche, sans peur et dédaignant
[l'armure.
L'obstacle s'écartait en te voyant venir.
Sans plier le genou, tu priais la déesse
Et quoique l'émotion te rendît frémissant,

Rigide tu restais sans crainte et sans
[faiblesse ;
Tu versais seulement un pleur en t'en
[allant.
Tu reniais Clovis courbant pour le baptême
Son chef de fier Sicambre, et, plein de
[potentiel,
Le front sûr tu semblais un nouveau
[Polyphème,
Et ton œil de cyclope extorsait vers le ciel...

Et maintenant tu vas languide et solitaire
Tes jours sont révolus, et ton crâne ridé
Regrettant le passé, se penche vers la terre
Tel un nouvel élu qui fut invalidé.
Adieu le vain espoir d'une tête altière
Car rien ne t'émeut plus et frappé de
[stupeur
Tu t'en vas ballottant aux hasards de
[l'ornière
Et tu n'obéis plus qu'aux lois de pesanteur.
Tes fidèles amis ont donné leur richesse
Pour payer ta folie, et, s'éloignant de toi
Tous les jours un peu plus, sentent avec
[tristesse
Que leur ultime ardeur restera sans
[emploi...

Cependant quelquefois, un sursaut de
[révolte
Te redresse un instant, mais l'œil tout
[larmoyant

Tu retombes bientôt, tel, après la récolte,
L'épi blond sur le sol pleure après son
[printemps.
Ainsi dans les grands bois à la fin de
[l'automne,
Tout semble ressentir la douleur de Niobé ;
L'arbre encor vigoureux et regrette et
[s'étonne :
Le chêne vit encore mais le gland est
[tombé.

J'oubliais. En fin de mon film, sur mon visage, ne serait-ce que pour fermer mes paupières (j'espère que mon œil ne sera pas circulaire), il y aura des mains. Les mains de l'Autre ? A défaut, des mains professionnelles. J'imagine qu'elles seront gantées.

O

Très bien, le temps s'en va, on m'a prévenu, je me préviens : il vient immanquablement le jour où la solitude n'est plus une fête, prendre ses précautions. Je les ai prises. Toutes ? On verra. Et puisque mon corps me lâchera, mon herbe ma fleur des champs, faire l'amitié comme on fait l'amour. L'amitié peut conduire par une autre voie vers un autre comme moi, qui, sans être tout à fait l'autre comme moi, se rapprochera le plus de ma moitié d'orange. L'amitié, autre façon de donner en recevant.

Je crois à l'amitié. De toutes mes forces. Elle est essentielle dans la vie d'un homme. C'est l'ultime remède contre la solitude. Dès que je pense à l'amitié, je crépite de phrases comme une mitrailleuse. Est-elle un sentiment juvénile ? Oui. Non. Ouine, dirait Bernanos. L'amitié se juge, se jauge avec le temps. Si l'on fait l'amitié comme on fait l'amour, c'est-à-dire avec soin, application, en tenant un compte attentif des sentiments, des désirs (l'amitié a ses désirs comme l'amour) de l'autre, je ne crois cependant pas au coup de foudre en amitié. Passé la quarantaine, les chances diminuent de nouer de nouvelles amitiés. Elles existent encore. La juvénilité des élans n'est pas simple affaire de jeunesse ; je veux dire que la jeunesse n'est pas simple affaire d'âge.

Plus durable que l'amour, l'amitié ? Oui — bien que l'amitié connaisse aussi la jalousie. Plus grave ? Oui — *grave* dans son acception étymologique : lourde, qui a du poids. Mais moins dangereuse. L'amour, je l'ai dit, c'est le désordre, le déséquilibre ; l'amitié contribue à l'équilibre.

A force de tournicoter ces idées-là au bout de ma pointe Bic, je m'aperçois que la pédagogie, telle que je l'ai pratiquée pendant près de quinze ans dans les lycées, relevait de mon idée fixe. J'enseignais le triplé des « humanités classiques », français-latin-grec. J'ai adoré ce métier. Encore un verbe au passé. Il commence à y avoir beaucoup de passé dans ma vie. La pédagogie me fut une *love affair*. Une histoire sinon d'amour, avec suites d'ordre physique, du moins d'amitié amoureuse. Qui réclame que le professeur, l'éducateur, se glisse dans la peau de celui qu'il éduque. Rien de plus difficile : l'infiltration doit demeurer invisible, rien qui pèse ; et constante — tout et n'importe quoi doit lui offrir l'occasion de s'exercer. Mais je le répète et j'insiste : sans que l'éduqué s'aperçoive qu'on l'éduque. J'ai rencontré des éducateurs de ce genre : mes professeurs et mes parents. Je ne leur en serai jamais assez reconnaissant. Il me semble que mon père m'a plus marqué que ma mère : goût de la liberté individuelle, curiosité de tout, une certaine gaieté dans la pratique du quotidien ; la haine de la sottise.

Mes élèves m'ont offert la chance d'être père — puisque, décidément, il était peu sage de compter sur la solution escargot, bien compromise. Une paternité multiple — tous ces fils — et rassurante : s'appuyant sur le sentiment de sa supériorité. Mais ce sentiment vaut au père moins de confort que d'exigence, de la part de ses fils et de lui-même.

Les océans, les déserts sont immenses
Les océans et les déserts sont neutres
Le monde verdoie à cause des sources

Leur existence appelle
Enveloppement que leur contact
Leur souvenir te submerge
Nouveau consentement et neuf
Présence élue tu vis de sa vitalité

Hardiesse de jaillir seule

Elle coule sans témoin
Elle coule même la nuit
Elle coule pour rien
Pour une louange
Pour que le monde soit beau quand le soleil
[regarde

A mes Adams d'élèves, j'ai tendu la main de la Sixtine. Mon ambition la plus vive, ma bataille à moi, ma longue patience, ç'a été d'allumer toutes les lampes qu'étaient ces visages. Enfin le plus de lampes possible. L'admirable dans ce métier, c'est de faire lever le jour *dans* des visages. Petit-fils d'instituteur, fils d'institutrice, j'appartiens à une famille d'éclaireurs de visages.

J'essaie de ne pas la quitter. Mes critiques

de livres, de cinéma ne camouflent jamais qu'un détournement de pédagogie. Ecrivant dans *le Nouvel Observateur* du dernier roman de Claude Simon ou du dernier film de Buñuel, je continue de faire ce que je faisais en parlant de Balzac ou d'Eluard au lycée Henri-IV : partager ce que j'aime. La seule différence — elle est de taille —, c'est que les visages qu'on éclaire, si on en éclaire, restent en coulisses. Il arrive pourtant, il m'est arrivé, que les mots d'une lettre provoquée par un article, l'écriture sur le papier, l'idée de la main qui a tracé ces signes, donnent envie de répondre et, qui sait ? de remonter au visage. L'idée fixe.

Pourquoi écrivez-vous ? A cette question bateau (primordiale), André Breton a satisfait pour moi : pour donner rendez-vous. Oh ! là ! là ! comme je voudrais que ce que j'écris trouve le chemin de votre attention, je n'ose pas dire : de votre cœur ! Là aussi, pédagogue amoureux espérant la moitié d'orange ? Ouine.

Je lance mes livres, à la fois sondes et filets. Bien le diable si je ne réussis pas à détecter d'autres comme moi, et, détectés, à les pêcher. Nous voilà bien, nous autres romanciers : du joli monde ; des individus dangereux. Pistant, traquant, piégeant, fouillant, interrogeant nos catins — pour moi : vous, lui, moi, l'Autre. Cherchant partout des empreintes digitales. Décrire l'objet pour l'objet, ce n'est que du pittoresque. La seule surface des choses. Oui, oui, bien sûr, il y a de belles histoires de surfaces. Et puis elles rassurent. Mais partout où il y a des hommes, il ne peut être question de pittoresque.

Le voilà, mon pittoresque : profitant d'un regard, d'une réplique, d'un soupir, d'une fausse manœuvre ou d'une confidence, ouvrir les crânes comme des boîtes de corned-beef pour y plonger mon regard. Asmodée à la petite semaine. Avec l'attention que les touristes du monde extérieur consacrent au panorama, je considère les rouages, je démêle les ficelles, j'analyse le pourquoi du comment et j'accumule les prospectus, les dépliants, les fiches. Mais attention ! Pour pincer le pittoresque humain, nécessité du flagrant délit. Avoir toujours sur soi son ouvre-boîtes (comme les « autres » ont leur Kodak) et vite, au premier signe, trépaner sans effaroucher, ni brutaliser, caresser l'encolure, cette délicatesse dans le tour de main qu'exige l'opération ! En récompense, chaque homme, vous, lui, moi, l'Autre — appels, mensonges, petites lumières, chagrins, sourires et cris —, m'est un spectacle permanent.

C'est ce cinéma que, romanciers, nous

déroulons dans nos livres. Et menteurs, par-dessus le marché : arrangeant les choses à notre manière, les chargeant de nos rêves, de nos rancunes, de nos désirs, de nos regrets — tout nous est alibi. Faisant notre vérité de la vérité — Madame Bovary, c'est moi. Bref, tantôt flics, tantôt poètes. Deux raisons qui nous rendent infréquentables.

Et faux jetons, avec ça ! Protestant que nous cherchons le vrai de l'homme *et caetera*, toute la lyre, et nous dépêchant, dès que nous publions un roman, de rappeler en préface que, le Larousse est formel, *roman* signifie : *œuvre d'imagination, récit en prose d'aventures imaginaires, inventées et combinées pour intéresser le lecteur*, et que cette définition entraîne le corollaire que toute rencontre de noms, de circonstances ou de caractères est une coïncidence dont l'auteur décline la responsabilité au nom des droits imprescriptibles de l'imagination et dont il prie qu'on veuille bien l'excuser.

Je voudrais écrire un jour un *Plaisir du romancier*, ou plutôt un *Plaisir au roman* comme Jean Schlumberger écrivit un *Plaisir à Corneille*. Le romancier vit dans l'intimité d'êtres qui — c'est vrai — sont pour lui plus vivants que bien des vivants qui l'entourent. Etres qu'il crée et qu'il sent pourtant imposés de l'extérieur, par l'expérience, ou par l'Histoire, sans qu'il soit capable de nettement dessiner la frontière entre ces deux apports. Etrange paternité.

Et quel plaisir de travailler à laisser à ces êtres le maximum de liberté, c'est-à-dire de vie. Chasseurs attentifs à ne pas tuer notre gibier, à ne pas le troubler, même par notre attention, nous acceptons le risque de le voir nous échapper. Dans *Usé par la mer*, Georgette, M. Suzanne m'échappent. Bon vent. Cela me réserve le plaisir de les retrouver un jour, au détour d'une autre histoire, dans un autre livre (peut-être ? je n'en sais rien encore... ou plutôt : Georgette, si, je le sais, je la retrouverai, mais M. Suzanne ?). Comme j'ai déjà eu le plaisir de pister Félicien Calife à travers *Chère Aglaé*, *la Sourde Oreille*, *Usé par la mer*, *la Peau des zèbres*, et François-Charles à travers *Une vie de château*, *la Sourde Oreille* et *la Peau des zèbres*. Que de questions a-t-on alors à leur poser ! Qu'êtes-vous devenus ? Et Irène, vous la voyez toujours ? Et la famille ? Et vos idées, vos amours ? Comme vous avez vieilli, engraissé, blanchi ! De ce *commerce* naît une chaleur.

Ce qui explique que je ne puisse jamais écrire le mot *fin* au bout d'un roman. Mes romans ne finissent jamais, la vie continue. Je profite d'un relâchement momentané de l'intrigue, d'une pause de l'action, pour suspendre mon histoire, quitte à la reprendre plus tard dans un autre livre, sous un autre éclairage, dans un décor différent. D'où cette impression chez le lecteur (cela fait partie de ma politique générale d'*inquiétude*) que j'écris des histoires sans dénouement, aux héros divergents — comme si tout était animé d'une force centrifuge.

Ma curiosité y gagne. Chez ces êtres fraternels et attendrissants dans leur maladresse de mouche s'obstinant contre la vitre vers la lumière, et magnifiques dans leur effort vers cette lumière-malgré-tout et dans leur lutte contre la solitude, chez mes catins qui fuient, se fuient, se pourchassent, se manquent ou s'accrochent mal et que le Temps et que l'Histoire usent, quelle aventure, fût-ce dans le plus banal d'entre eux, du seul fait qu'ils sont vivants ! Et quelle *inquiétude* du seul fait de cette aventure qui les rend sans cesse, fût-ce le plus banal, capables d'imprévisibles métamorphoses ! Je ressens devant eux l'émerveillement légèrement angoissé de l'enfant à qui l'on récite un conte oriental de prince poursuivant une princesse, le prince va poser sa main sur la princesse, mais hop ! la voilà fleur ; il va cueillir la fleur, mais hop ! la voilà oiseau — piéger l'oiseau, la voilà ruisseau.

Plaisir au roman : c'est, oui, tantôt flic, tantôt poète, s'enfoncer à cœur perdu dans cette chasse à la métamorphose — mais une chasse et des métamorphoses plongées dans le fantastique social, ou dans la féerie de l'Histoire. Ecrire un roman, c'est, pour moi, m'envelopper de chaleur humaine.

Lecteur, j'avoue tout. Tu m'as pris la main dans le sac. Tu as vu que, pour mieux répondre aux sollicitations de mon idée fixe, j'étais prêt à m'imaginer des moitiés d'orange. M'imaginer des foules complaisantes pour mieux jouer le Beau Jeu. C'est tricher. Je n'en suis pas réduit à l'imaginaire. A reboucler, pour plaire à Denise, avec le zouave de la Comtesse de Ségur — sans plus de dilatation chavirante sur la moquette d'aiguilles. Ça viendra — quand, dans le huis clos obligatoire de mon arrière-boutique, tous les moyens seront bons pour tenter de transformer ma solitude en fête. Mais pas encore. J'ai faim des autres. En chair, en os. Mon idée fixe. Les créer peut-être, mais en les éveillant, comme mes élèves, mes lecteurs, toi peut-être, mon lecteur. Les réveillant. Notre siècle confondant pour notre malheur le confort avec le progrès et le progrès avec la civilisation, notre morale, notre vie sociale étant, toujours pour des raisons de confort, prisonnières de nos habitudes intellectuelles, sexuelles et sentimentales, je voudrais résister au complot des forces assoupissantes. Agir comme le caillou dans la chaussure oblige à reconsidérer la chaussure, le pied, la marche. Ecrire, c'est l'art de faire boiter. Je voudrais que mes livres soient des échardes.

Bref, *déranger*. J'entends d'ici ricaner les cons. Parfaitement : *déranger*. Les vraies œuvres, les grands romans par exemple, *le Satyricon*, *Gulliver*, *Sylvie*, *Germinal*, *Nadja*, tout Balzac, tout Proust, sont *inconfortables*, ne serait-ce qu'en révélant, par le subtil jeu de miroir propre à l'art, des choses sur l'auteur, sur l'homme, l'amour, la guerre, telle période historique ou les mœurs de tel milieu, sur le rêve, la politique ou le langage. Attention : *inquiétude*, *inconfort* ne supposent pas obligatoirement satire, critique systématiquement négative, descente aux abîmes. On peut réveiller par le rire (le bon, le vrai rire dévaste et venge), par et pour la joie (je pense aux Giono du début), pour l'enthousiasme. L'essentiel, c'est de taper sur l'épaule, pour le meilleur et pour le pire. Délibérément, farouchement hostile à l'immonde et gentil guiliguili roupillatoire. Oui, la tape sur l'épaule, pas la berceuse. Empêcher que les gens ne s'éteignent. Susciter des phosphorescences. Visage et lumière.

Il y a toujours à travailler contre l'abrutissement de l'homme, pour son réveil, c'est-à-dire sa libération. Et même si le monde devenait ce miracle où l'homme serait socialement libre et heureux, il resterait à le libérer de lui-même en l'éclairant sur ses démons. Et même si l'homme devenait pur, limpide, il resterait la tâche exaltante de le maintenir alerté, conscient de son triomphe, de cette victoire. Le visage lumineux.

Ma petite sœur l'Inquiétude, fontainier de nos songes. C'est elle mon plus sûr espoir. Et vers l'Autre mon plus court chemin.

P

P comme Politique. Déranger, inconfort, inquiétude — libération : mon idée fixe, museau intrépide, fouit bon train. Elle m'a déjà culbuté — me le pardonnera-t-on ? — dans la politique. Mon idée fixe fait ciment : en moi, tout se tient. D'ailleurs, aujourd'hui plus que jamais, tout est politique, à commencer par le seul fait de prétendre respirer un air qui soit respirable, et par le désir élémentaire de mener une existence qui ne soit pas seulement une existence mais une vie. Un écrivain est aussi citoyen ; comme tel il *doit* s'intéresser à la politique, voire s'engager. Ce qui n'entraîne pas, par voie de conséquence obligatoire, que ses opinions politiques doivent se refléter dans son œuvre. Oui, si cela lui chante, s'il juge ce reflet nécessaire à son œuvre. Un écrivain, politiquement engagé comme citoyen, peut désirer composer une œuvre dégagée de toute préoccupation politique (fantastique, merveilleux, métaphysique) ou purement esthétique (recherches formelles, etc.). J'admets l'art pour l'art — encore que le fantastique, le merveilleux, le métaphysique, les recherches formelles ne soient pas exempts de résonances politiques : le seul fait pour un écrivain de créer une œuvre apolitique représente une position politique.

Mes conceptions pédagogiques refusant le confort de l'autorité scolaire et le culte de la culture traditionnelle ; mon goût pour une critique, en littérature et cinéma, de dérangement ; l'idée que je me fais de la complicité, de la connivence entre les gens, premier fondement de la solidarité — conceptions, goût, idées déterminées par la quête d'un autre, des autres, de l'autre comme moi — m'ont très tôt poussé vers ce que, dans le paysage français, il est convenu d'appeler la gauche. Côté jardin.

J'ai eu vingt ans en 1940. Ce n'est pas du tout la même chose que d'avoir eu vingt ans en 1945. Le règlement militaire traitant de l'avancement et des pensions précise que les années de campagne comptent double. 1940-1945 : il faut multiplier par cinq ces cinq années-là, elles valent toute une génération. A quoi peut rêver un garçon de vingt ans en pleine guerre : que cette guerre sera, et pour de bon (pauvre papa, empoisonné par ses souvenirs de Verdun et une fois de plus couillonné, une fois de plus impuissant, grinçant des dents), la der des ders. Que se promet-il, le garçon de vingt ans, avec d'autant plus de solennité qu'il se le promet à lui-même, dans le secret de « la salle du trône » ? De toujours agir pour que cette guerre soit en effet la der des ders. Et comme je songeais à écrire, et comme je pensais (je le pense encore) qu'écrire est agir, tu imagines sans peine, lecteur, ce que je me jurais à moi-même, toujours dans le solennel for/fort intérieur de la salle du trône. A un âge où l'on est très malléable, où le coup de pouce reçu d'un événement ou d'un professeur que l'on aime marque à vie votre argile, j'ai connu la guerre d'Espagne, Hitler, Mussolini, le Front Populaire, la guerre, l'Occupation, la libération. Drôle d'« expérience ». Je ne pouvais pas porter sur la littérature le même jugement révolté que mes cadets, ni désinvolte. Il me semblait aller de soi que la littérature dût « s'engager ». Réflexe de petit-bourgeois non seulement mobilisable mais mobilisé. Et romantique. Mais romantique-après-1830. A ma génération l'étiquette que collera le Lagarde et Michard de l'an 2000 (s'il existe encore des manuels scolaires, des profs pour les fabriquer, des élèves pour les consulter — rien n'est moins sûr), ce sera le label « néo-romantique ». Il y a un très net parallèle à établir entre la génération qui a subi la fin de la première République, l'impérialisme napoléonien, l'Europe cul-par-dessus-tête, et la nôtre qui a subi la fin de la Troisième, l'Occupation, l'incendie mondial. Avec, sur le plan individuel, des conséquences psychologiques comparables. Néo-romantique, c'est d'ailleurs l'étiquette qu'on pourrait attacher à ma sauvagine d'idée fixe comme une casserole à la queue d'un chat. Avec le mélange bien connu de fébrilité légèrement hagarde, d'obstination assez rageuse, de bonne volonté si éperdue qu'elle ressemble à de la candeur. Je suis de ceux qui ont cru, dur comme fer, dans le fameux slogan « de la Résistance à la Révolution » ; je pensais fermement que la Résistance commençait quelque chose. Hélas, on sait ce que toute cette agitation a donné : le sourire plein de dents de Pompidou-Rothschild et la tour Maine-Montparnasse. Comme papa, j'appartenais à une génération cocufiée. Pas sûr que cela représente, au regard des jeunes, une circonstance atténuante.

Ça va faire trente ans que j'enrage. Un sacré bail. Alors je signe des manifestes. J'ai même réussi à me faire connaître pour ma prodigalité dans ce domaine. C'est mon côté Jerphanion-Jellez (référence, une de plus, qui trahit mon âge — y a-t-il beaucoup de jeunes gens aujourd'hui pour se taper Jules Romains ?). Comme je voudrais pouvoir encore chaque matin me faire la promesse que je me faisais à vingt ans ! M'ont matraqué l'immense déception causée par la faillite de la quatrième République, le profond dégoût de ce que la cinquième République prend pour son triomphe. Ce qui ne signifie pas que les convictions (je me méfie des « valeurs » — on les cote trop facilement en Bourse) sur lesquelles je me suis embarqué jeunot ont perdu toute portée pour moi. Au contraire. J'espère une *autre* République — sixième ? septième ? Mais avec moins de cette impatience qui témoignait de ma confiance. Plus de lassitude. C'est peut-être aussi cela, vieillir.

Alors je fais comme si... Complicité. Connivence. Comme si j'étais persuadé que le manifeste allait vraiment changer des choses. Si je signe un manifeste, c'est pour agir, si peu que ce soit. Mes seules armes : mon stylo et le petit chouia qu'est mon nom. Mon nom ! Cabot. Oui, signer des manifestes, moins en tant qu'écrivain que « vedette », c'est peu ou prou cabotiner. Oui, oui, très vite le manifeste devient manifestation ridicule, caricature grossière. Il est déplaisant de voir un monsieur se carrer dans son fauteuil pour fulminer parce que Franco emprisonne quelques anarchistes basques ou parce que les Américains bombardent le Vietnam. Mais ce ridicule, cette accusation de cabotinage sont le prix à payer. Il faut tout de même bien qu'il y ait un risque à courir, ne serait-ce que celui du ridicule, ô Jules Romains, pour les hommes de bonne volonté.

Ce risque, je le cours avec une vertueuse constance. Et je continuerai de le courir. C'est le seul moyen que j'aie d'exprimer ma position sur certaines questions. Même si l'efficacité du moyen reste douteuse (sait-on jamais ?), il n'y a, pour l'instant, rien d'autre à faire, j'aurais donc mauvaise conscience de ne pas le faire. Le citoyen, en moi, a l'impression croissante qu'il va tout falloir recommencer de zéro. Je ne me lasserai pas. C'est cela aussi, rester jeune.

Je ne m'y trompe plus. Je joue les moulins à vent. Ces manifestes, ce sont de grandes envolées du bras, voulues spectaculaires, lancées vers d'autres comme moi. J'en profite pour appeler. C'est une variante du Beau Jeu. Vous, lui, toi, l'Autre, même si tu n'es pas la moitié d'orange, aide-moi à essayer de changer de monde. Cet appel, cet effort, voilà peut-être la règle essentielle qui gouverne ma vie. Principes ? Je crains de ne pas être un homme à principes. Disons morale. J'ai une morale qui n'a pas grand-chose à faire, on a déjà dû s'en apercevoir, avec la morale dite bourgeoise. Ce que je déteste n'a rien à voir avec ce qui est défendu. J'essaie de ne pas tricher avec les autres (enfin, le moins possible), et d'abord avec moi-même, c'est le plus difficile. J'essaie de voir clair. J'essaie de ne pas « blesser » les gens. Et dans la mesure où j'y peux ce minuscule chouia que j'ai dit, j'essaie que le monde soit plus vivable.

J'en ai besoin, de ce monde-là. Besoin pour chercher, pour trouver ma moitié d'orange. Comment la rencontrer jamais si les gens roupillent ? Rien dans la cervelle, rien dans le cœur : comment attendre une petite lumière dans le coin d'un œil ? Qu'espérer d'une foule tous visages éteints ? Foutu, le Beau Jeu. Contemple-les, mon âme, ils sont vraiment crétins. Est-ce leur faute ? On les crétinise. On les *divertit* — au sens fort : on détourne leur attention, au besoin on l'anesthésie sous prétexte de les distraire, de les « conforter ». Enfoncez-vous bien cela dans la tête ; tout est pour le mieux dans le meilleur des mondes possibles, c'est-à-dire dans le monde que nos princes gouvernent. C'est l'opération Pangloss. Cousue de fils blancs, mais ces fils sont des câbles et ces câbles sont roses. Pendant que le brave bon public bée de satisfaction salivante, d'astucieux compères visitent ses poches. Qu'un peuple heureux n'ait pas d'histoire, c'est possible. Qu'un peuple heureux n'en fasse pas, d'histoires, à ceux qui le gouvernent, c'est certain. Et comme le bonheur tient surtout à l'idée qu'on s'en fait, les princes qui nous gouvernent ont tout intérêt à multiplier devant nous les signes convaincants d'un bonheur communicatif. A une époque où l'Eglise ne rassure plus, les « variétés » ont pris la relève de la religion comme opium du peuple. Elles, et les jeux, font mille feux de tous leurs arcs-en-ciel. La TV, formidable distributrice de bonheur à la chaîne (il y en a même deux, arrive la troisième) auprès de laquelle la machine à décerveler du père Ubu fait minable figure de gadget à dénoyauter les cerises, se place délibérément sous le signe de la bonne humeur fonctionnelle. Tout va très bien, madame la marquise. Air connu. Se rappellera-t-on le vaste thrène soulevé par la mort de Maurice Chevalier ? Il pleurait moins la fin d'un vieillard déjà momifié par les bandelettes du show-business légendaire qu'il ne gémissait sur la disparition, en effet irréparable, d'un exceptionnel support publicitaire vantant les gentillesses du bonheur à la française. Le canotier suggérait le chaleureux soleil d'un été indéfectible, et il y avait ce fameux sourire qui promettait des joies à la portée de toutes les bourses par la modestie même de leur ambition : des petits petons, des petits tétons, des petits mentons, bref des petites femmes pour des amours à la petite semaine. Moralité : dans la vie faut pas s'en faire — ben voyons ! — puisque nos princes s'en font pour nous. Le cher Maurice, Mau-mau le bienheureux, champion toutes catégories de l'optimisme opérationnel et maître-camelot en pilules euphorisantes, agissait (inconsciemment) en très astucieux Panurge. Pour que les moutons se noient en bêlant de bonheur, il leur fait croire que la mer c'est de verts pâturages. De ces moutons heureux de plonger (de Gaulle, lui, parlait de veaux), la capitale n'est plus Paris, Paris est mort avant Chevalier. C'est Tours, cité de l'ineffable Royer. Propre. Saine. Et bien sûr souriante. Son sourire garanti antiseptique qui ne tardera pas à devenir le rictus figé de la crétinisation béate.

Et ce n'est que le premier pas. Le premier effet du conditionnement auquel nous soumet l'Etat — l'Etat, le plus froid de tous les monstres froids, l'Etat qui ment froidement « et voilà le mensonge qui rampe de sa bouche : moi l'Etat je suis le peuple » (Nietzsche). Après la crétinisation souriante, avant la robotisation totale, il y a le « chiffrement ». Je n'ai jamais eu la mémoire des chiffres. Cela m'a joué des tours, gamin. Le calcul mental me donnait des sueurs froides qui participent encore aujourd'hui de mes angoisses nocturnes. Compter « de tête » ! Jongler avec des nombres qu'il faut additionner, soustraire, diviser, multiplier *les yeux fermés* ! Quel cauchemar. De la table de multiplication, j'ai longtemps, comme disait je ne sais plus quel humoriste, retenu plus facilement l'air que les paroles. Même maintenant la fatigue aidant (si l'on peut dire), les tables des 8 et des 9 ont une tendance navrante à interférer, et celle des 7 a des velléités de lacunes. Devant toutes les feuilles à remplir pour la Sécurité sociale, celles que je donne à ma femme de ménage et celles qu'il faut chaque trimestre expédier à l'U.r.s.s.a.f., ma fatigue devient épuisement. Les chiffres glissent alors sur l'écran vierge de ma mémoire, sans laisser de trace. Bref, je suis un homme des lettres. A tel point que, dès que, dans ma vie, les mathématiques se sont mises à mobiliser l'alphabet, j'ai été sauvé. Je serrais les X sur mon cœur, nulle hâte de les voir se résoudre en chiffres. La lettre et la figure ; j'ai nagé dans la géométrie avec délices. Il ne faudrait pas beaucoup, me semble-t-il, pour que les mathématiques, dites modernes, auxquelles je ne comprends strictement rien, avec leur vocabulaire incantatoire et leurs idéogrammes à la chinoise, me séduisent.

Eh bien, le chiffre dont, pendant près d'un quart de siècle, j'avais réussi à purger mon existence, revient en force dans ma vie aussi privée que quotidienne. Sur le cadran de mon téléphone, Balzac a cédé la place à 225. Mort de Danton, cette fois-ci sans espoir de résurrection : il n'est plus que le 326. Adieu Lamartine, adieu Princesse et Bagatelles. Je n'habite plus l'Essonne mais le 91. Disparition sur nos enveloppes de tous ces noms qui soulevaient des montagnes, hautes ou basses, ou faisaient ruisseler nos fleuves et nos rivières. La menace se rapproche, par le canal des bureaux des P.T.T., les communes sont touchées, 91660. Bientôt mon village verra son nom se métamorphoser en chiffre ; et les rues de mon village ; et le nom de ma maison. Et enfin moi. Bory ? Jean-Louis ? On aura changé tout ça. Je serai le numéro tant. Mais déjà ne suis-je pas, pour la Sécurité sociale, le 1.19.06.78.390.003 domicilié dans le 91, et travaillant dans le 6ᵉ arrondissement du 75 ? Je suis le 50.29.323.3 pour ma banque, le 495.01.16 pour les P.T.T., le 91.433346 pour mon assurance automobile, le 030859 pour l'O.R.T.F., le 91746 pour les douanes, le 51239 pour la police, le 69.1823 pour la Bibliothèque nationale, et je n'arrive plus à lire qui je suis sur mon permis de conduire ma 41 JN 91.

La multiplicité de ces « identités » me protège encore — du moins j'ai cette illusion — comme si je pouvais changer de nombre comme on change de masque. Mais quand je ne serai plus qu'*un* nombre, où que j'aille, quoi que je fasse, que je conduise ou que je téléphone, que je me rende à l'étranger ou à la B.n. ? Me voilà drôlement coincé.

Ça vient. Pour faciliter la vie à nos ordinateurs chéris, nos maîtres de demain (que dis-je ! déjà nos maîtres), que ne ferait-on pas ? Notre numéro matricule, on nous obligera à l'exposer, bien visible, sur le revers de nos vestons, sur le côté face et sur le côté pile de nos tee-shirts. Mieux : puisque la nudité gagne du terrain, on nous le tatouera sur le front, ou sur l'avant-bras. Ça ne vous rappelle rien ? Seuls les policiers auront droit à l'anonymat, c'est-à-dire à l'impunité.

Il ne nous restera qu'une chance. L'erreur des machines. Admirez notre téléphone : c'est l'ultime refuge de la fantaisie. Ou alors il faudra opérer sur nous-mêmes une dichotomie systématique de notre personne. En isoler la part numérotée, l'abandonner aux ordinateurs, et vivre avec l'autre, au risque de schizophrénie. Cultiver l'autre, la farouche, non plus l'innommable mais l'innumérable. Et faire que notre moi innumérable soit innombrable.

Complication à ajouter à toutes celles que j'ai plus haut envisagées : l'autre comme moi, sous (au besoin à l'abri de) son numéro matricule, devra se cultiver innumérable —

résister à cette néo-barbarie qu'est l'esclavagisme arithmétique.

S'imagine-t-on la « petite musique » qui s'élèvera de la rencontre de deux nombres et de leur mélange ? Ce ne sera plus de l'amour, ce sera du calcul. Avec interdiction de pratiquer des opérations autres que celles enseignées dans les manuels scolaires, addition, opérations normales — *naturelles*. Tout résultat non conforme au résultat indiqué dans le livre du maître, toute erreur de compte seront crimes contre nature, on les condamnera comme tels. Les monstres, peut-être pas vous, peut-être pas lui, mais toi, moi, l'Autre, la société opérationnelle opératrice les abattra comme il est naturel donc normal, donc légitime, donc légal d'abattre des monstres. Plus que jamais l'hétérodoxie sexuelle contestera. Elle résiste déjà à un certain ordre « naturel » qui veut que les forts l'emportent sur les faibles, les riches sur les pauvres, et que le grand nombre écrase le petit. La loi de la jungle — enfin ce que les gens entendent en général par loi de la jungle, et qu'ils opposent à ce qu'ils entendent par civilisation en s'entêtant à limiter la civilisation au progrès matériel et à la stabilité de l'ordre — on sait lequel — au nom de quoi ils acceptent le cœur léger et la tête vide (en quoi cela les gênerait-il, ils pioncent) les plus saignantes mutilations de l'individu, donc de l'autre comme moi. Lecteur, as-tu lu Reich ? Tu devrais. Il le saute, lui, le pas qui va de la résistance à la révolution. Un sacré saut pour un sacré pas. Il la secoue, lui, la société, la nôtre, c'est-à-dire une société où les « valeurs » prédominent, qui sont imposées par la classe au pouvoir, et forment la civilisation étiquetée « blanche et occidentale » de coloration chrétienne. Je profite de l'une et de l'autre puisque je suis un bourgeois européen de l'Occident, j'appartiens à la classe et à la race des maîtres, je n'en suis pas plus fier pour ça, elles me dégoûtent, notre égoïsme imbécile et de si courte vue causera notre perte sauf si lui succède une lucidité révolutionnaire, Reich y travaille, révolutionnant mœurs et morale, luttant (il en est mort) contre les Bêtes mugissant les codes, fortes de la léthargie des majorités « normales » silencieuses du silence normal du grand sommeil.

En commentaire à quelques films « engagés » dont j'avais recommandé le spectacle, parmi les lettres reçues en réponse, j'extrais de l'une d'elles le paragraphe suivant (je le laisse anonyme) ; la préoccupation, d'ailleurs, dont il témoigne, apparaît dans tant d'autres lettres que ces quelques lignes pourraient être suivies d'une troupe de noms — comme un manifeste.

« Il me semble que ce qui est réellement essentiel, ce sont tous les hommes pris dans leur individualité. Chaque homme centre du monde, au service du monde. Et puis je suis partisan de commencer à rebâtir tout de suite sans attendre que le reste s'effondre. Rebâtir à côté. Et si ce qu'on rebâtit est bon, pourquoi ne pourrions-nous pas réussir ? Si je me permets de suggérer cette solution, c'est que j'essaie, pour commencer, de la vivre moi-même ; que j'ai abandonné de "brillantes études" de droit pour vivre comme je l'entendais. Faire l'amour avec les gens avec qui j'avais envie de le faire. Dire et écrire ce que je voulais dire et écrire. Et hurler que la révolution, avant d'être socio-politique, est avant tout humaine. Je pense qu'il n'y a pas de vices mais des choses mal faites. »

Brave jeune moitié d'orange possible. Changer l'homme, rien que ça. Mais pas moins. Sinon c'est tourner en rond et nous tournons en rond depuis des siècles, de désordre en ordre et d'ordre en désordre.

Je pensais à tout cela, plutôt confusément, sur le sable de la plage à Cannes, pendant le dernier festival du film. J'en avais ma claque, non des films, mais des gens qui s'agitent autour. Le sable de la plage à Cannes, ce sable pour privilégiés du compte en banque, me paraissait un endroit fort adéquat pour rêver à une révolution changeant l'homme. Quel boulot! J'avais vue sur le Carlton, caravansérail d'une humanité assez consternante. Vue aussi sur la Croisette. Y paradait, juste après l'exhibition du T. Group, un quarteron de travestis. Etait-ce cela changer l'homme? Y paradait aussi, travaillant à rameuter les badauds, une espèce de clochard vélocipédiste, des marguerites dans la barbe, une galerie de médailles diverses autour de la casquette à la Louis XI, et, accroché au cou, un masque à gaz. Je le connais bien: dans les 5ᵉ et 6ᵉ arrondissements, à Paris, il a pris la relève de Ferdinand Lop. Ferdinand était le champion numéro un (avant la guerre) de l'extinction du paupérisme après dix heures du soir: l'âge a fini par l'éteindre. Le clochard vélocipédiste s'appelle André Dupont, comme vous et moi. Mais il se fait appeler Mouna. Mouna Aguigui. Aguigui, c'est le cri de la vie (dit-il). Aguigui! Aguigui! crie Mouna sur la Croisette, à Cannes. Le cri de sa vie réveille-t-il les plésiosaures du Carlton? J'en doute. Mouna ne se décourage pas. Pieds nus, traînant sa bécane chargée de tracts et d'amulettes pacifistes, il pérore, vocifère, gémit, vaticine, anathématise, foudroie. Tout en distribuant son journal, le *Mouna frères. Aguigui! Aguigui!* Les gens rigolent.

Les gens. Ils devaient avoir le même rire,

accompagné du même haussement d'épaules devant Diogène accroupi dans son tonneau. Mouna est le Diogène que nous méritons. Bien obligé de faire le fou dans un monde fou, comment se faire entendre autrement ? Et de jouer au clown pour un public que les grandes idées ne touchent que lorsqu'elles deviennent spectacles : superfilm ou supershow. Mouna n'en est pas encore au stade du Diogène superstar, comme son collègue Jésus, mais ça peut venir.

Ce doux dingue n'est pas si dingue. Sa barbe est en bataille mais ses marguerites sont en plastique, ce qui prouve qu'il a une certaine idée du commode. Ses vaticinations débordent de bon sens. « Vous n'êtes que des tubes digestifs ! » ou « Vous respirez de la merde ! » (ce dernier cri lancé avant de coiffer le masque à gaz), autant d'avertissements qui me paraissent lourds de vérité. Et j'aime que Mouna oppose son *Aguigui !* réveille-conscience au guili-guili assoupissant les gogos et les gagas d'une humanité qui confond civilisation, confort, gâtisme et pollution.

Retour de Cannes, j'ai fait réparer ma bécane. Vais-je laisser pousser ma barbe ? La fleurir de marguerites ? Charlemagne au tout petit pied hippisé pour la croisade, repartir une fois de plus libérer des chaînes néo-barbares ma moitié d'orange ?

Les petits bonzes de la rue Saint-André-des-Arts, comme Mouna, me poussent au rêve. Mon village a pris une drôle d'allure. Je ne parle pas de mon village de Beauce : Méréville. Je parle du quartier de ce Paris dont je suis le paysan. Entre le carrefour Buci et la place Saint-André-des-Arts. Il y résonne aujourd'hui une musique aigrelette, style steppe de l'Asie centrale. Pas selon Borodine, mais selon pasteurs et troupeaux qu'on imaginerait paissant sur le toit du monde, entre Tibet et Himalaya. Des cymbales tintent, ou des castagnettes de fer ; il y a du tambourin dans l'air ; et parfois, pas toujours, les dégoulinades aiguës, les arpèges au citron d'une flûte plutôt nasale. Suscitée par cette musique, manifestement réchauffée par elle, s'agite une bande de zozos touchants. Pieds nus dans des sandales, corps roulés dans des draps jouant la toge et le sari et qui, du beige délavé à l'orange, s'efforcent au safran des bonzes. Filles et garçons mêlés, mais, et c'est très exceptionnel, on reconnaît assez vite les garçons et les filles : ils portent le crâne rasé au double zéro, et cela va du blanc à peine bleuté de l'os frais au noir de fumée, en passant par tous les bleus et les bleu-noir des encres pour stylo au fur et à mesure que le cheveu repousse. Au sommet du crâne nu, une touffe de poils s'allonge, préservée. Queue de cheval ou natte en mèche de fouet, ce toupet zénithal frétille.

Car ils dansent. Oscillent, puis s'abandonnent à un tourbillon plutôt flou, les bras s'ouvrant alors en un mouvement qui tient de l'envol vague et de l'embrassade universelle. Ils aiment, cela saute aux yeux. Ils *nous* aiment. C'est d'amour que ruissellent leurs visages barbouillés de tatouages qui tiennent mal sous notre pluie occidentale. Ce sont paroles d'amour que bégaient leurs litanies têtues : *Haré Krishna Haré*.

Ce qu'Aragon traduit ainsi :

Un jour pourtant un jour viendra couleur
[d'orange
Un jour de palme un jour de feuillage au
[front
Un jour d'épaule nue où les gens
[s'aimeront.

Q

Le bonheur. Puisque c'est ça, Jean-Louis Denise, pour Jean-Louis, pour Denise, le but, tout au fond, de l'idée fixe.

Le bonheur existe. Il n'en existe pas de formule. Il y a belle lurette que l'absence de chemise, sinon par canicule, n'indique plus l'homme heureux. Bonheur du pêcheur à la ligne, bonheur de Polyeucte supplicié : le bonheur dépend de l'idée qu'on s'en fait. Equilibre fragile entre une exigence sans cesse rafraîchie et la sagesse, entre l'inquiétude et l'art de vivre. Il y a des gens, j'en connais, qui ne peuvent être heureux que si les autres, autour d'eux, ne le sont pas : ils jouissent de leur bonheur avec une force accrue. D'autres, au contraire (mais si, il y en a), dont le bonheur s'augmente du bonheur des autres. Complicité. Connivence. Et solidarité.

— Pssst ! Une question.

— J'écoute.

— Tu crois que l'homme doit avant tout rechercher le bonheur ?

— Oui.

— Tu crois que nos contemporains recherchent le bonheur et un bonheur qui mérite d'être recherché ?

— Sans doute. Un bonheur confondu avec la jouissance de biens matériels, eux-mêmes confondus avec le confort selon le Salon des Arts ménagers. Mais si la possession de ces biens-là les rend heureux, tant mieux (tant pis) pour eux, ils ont raison, ça les regarde.

— Alors pourquoi tiens-tu à les emmerder, à les inquiéter, à les déranger ? Haro sur toi. Non seulement tu entends résister à l'assoupissement ronron, mais tu prétends aider les autres à la résistance. Haro sur toi qui pinces pour que les yeux restent ouverts. Pelé, galeux d'où nous vient tout le mal. On t'a reconnu à tes longues oreilles : tu es le baudet de la fable. L'aliboron de l'intelligentsia. Comment te pardonner ton crime ? Au lieu de ronronner comme tout le monde, tu brais. Beau résultat : réveillé, désenchanté, le spectateur voit (risque de voir) que les clowns équilibristes, prestidigitateurs, acrobates qui se succèdent sur la scène pour soulever les rires et les bravos, ont truqué leurs tours. Sacrés hi-han : le public ne rit plus ; le voilà *malheureux* ; et les paillasses ratent leurs culbutes. En un mot, c'est la peste. Et c'est la faute à l'âne. Dénonçant la peste, il la nomme ; la nommant, il la crée, c'est clair comme deux et deux font quatre. Sans tes hi-han, les pestiférés mourraient de la peste en ignorant qu'ils l'ont. En imbéciles heureux. Et tout continuerait à tourner rond sur la piste du plus beau cirque du monde, où le docteur Pangloss joue les Monsieur Loyal. Pour que le spectacle puisse se poursuivre *sans histoire*, il urge de profiter de l'entracte pour t'expulser, au besoin *manu militari*, baudet perturbateur, et pour distribuer aux gens les esquimaux tranquillisants et les pochettes surprises tout confort. Laisse les gens ronronner, bavoter sur le capiton de leurs niches et sur leur écuelle de Canigou.

— Non. Pas possible. Que deviendrai-je

si tout le monde dort ? Tu ne comprends pas que le Grand Sommeil m'isolera plus que tous les océans du monde ? Seul, seul, seul. Je n'aurai plus qu'à crever. Dans mon trou, dans mon sac de peau. Je m'éteindrai. Finies les sources. J'ai besoin de l'attente des autres pour chercher ma moitié d'orange. Pas de leur sommeil. Besoin qu'ils sortent de leur sac de peau, yeux et oreilles ouverts à tout, à tous — à moi peut-être, un jour, quelque part, dans une foule, sait-on jamais. Besoin de partager avec eux — avec Lui, l'Autre — comment dire ? comment éviter que Denise ne rapplique avec ses airs sucrés de midinette ? du muguet pour chaque jour. Ça y est, c'est dit, tu peux rire.

— Je ris. Et tu crois que ce muguet quotidien, version corrigée Denise de « Du pain et des roses », c'est pour demain ? Comment vois-tu l'avenir ?

— Sais pas. Convulsionnaire et sanglant. Ou morne, mécanique, fonctionnel. Ordinateur partout. Pangloss est roi. Heureusement je serai mort. Ou gâteux.

— Hé bien, pessimiste ?

— Je ne suis pas pessimiste puisque je crois au bonheur. Et que je cherche ma moitié d'orange. Je suis un optimiste contrarié. D'où ma fureur. Et mon inquiétude. Ma petite sœur Inquiétude. Il m'arrive de penser en pessimiste, j'agis toujours en optimiste. Je fais *comme si*. J'aime la vie. La vie n'est ni bonne ni mauvaise, ni belle ni laide. Elle est tout à la fois.

Même souffle de vent
Un arbre rit
L'autre pleure
Question de feuilles

C'est un de mes haï kaïs écrits avec la main humide. Il faut s'arranger pour que ses propres feuilles rient — savoir-vivre — et pour que rient le maximum de feuillages — savoir faire vivre. Certains être peuvent être abjects, hideux, leur existence ignoble. Ne pas condamner, ne pas rejeter, ne pas ignorer, ne pas s'en accommoder. Le malheur, la misère sont la source de maux innombrables. Sur ceux-là on peut espérer agir. Si l'homme est moins misérable, il aura tout de même tendance à se montrer un peu moins salaud.

Alors ma liberté, loin de finir là où celle des autres commence, continuera avec la liberté des autres. C'est la définition même de la Fête. C'est-à-dire, au bout du compte, de la civilisation.

Un peu rapide, comme raisonnement, sans doute. Mais il me sourit. J'aurai autour de moi plein de moitiés d'orange.

R

Vite. Plus vite. Je ne cherche pas assez. Je cherche mal. Est-ce toi? toi? ou toi? Demain est déjà hier. Vite, bon Dieu. A fond de train le dernier demain surgit, où sur la route de Montereau, dans le trou rectangulaire découpé dans la terre à blé, les dents enfin nues, plus de bouche de guingois pour le sourire ou pour la caresse, les ongles de mes orteils crevant le cuir de mes chaussures, mes yeux morts, morte la lampe, j'accomplirai la parole de l'évêque Bossuet (Jacques-Bénigne) : « La nature presque envieuse du bien qu'elle nous a fait nous déclare souvent et nous fait signifier qu'elle ne peut nous laisser longtemps ce peu de matière qu'elle nous prête. Elle en a besoin pour d'autres formes, elle la redemande pour d'autres ouvrages. » D'accord. Je serai prêt pour pousser herbe nouvelle, nouvelle fleur des champs. La mort est une idée présente en moi, mais sans pathétique. Son heure sonnera la fin cette fois-ci. La sauvagine fouisseuse cette fois-ci immobile et pour toujours.

A moins que... Dormir, rêver peut-être? Qu'arrive-t-il à notre idée fixe dans le crâne décharné? Continue-t-elle à faire des siennes comme le pois à l'intérieur du grelot? C'est cela, le Paradis: l'idée fixe, enfin couronnée, s'installe dans la paix hiératique du triomphe. Et c'est cela, l'Enfer : à côté de Sisyphe trimbalant son rocher et des pauvres Danaïdes emplissant leur tonneau sans fond, l'idée fixe, condamnée à l'éternelle insatisfaction, s'affole en un galop tournant d'écureuil en cage.

S

Je me croyais libre
Sur un fil d'acier
Quand tout équilibre
Vient du balancier

(Aragon). Mon idée fixe, c'est mon fil et mon balancier. Saurai-je, sans choir, danser jusqu'au bout de mon fil ? J'aimerais ne pas me retrouver en bas, les mandibules dans la sciure.

Méréville. Eté 72.

ŒUVRES DE JEAN-LOUIS BORY

Roman

PAR TEMPS ET MARÉES

Par temps et marées se présente comme un roman composé d'ouvrages très différents par le ton. Ces ouvrages n'ont pas été écrits et publiés dans l'ordre chronologique des faits rapportés — ici rétabli pour la commodité du lecteur.

	1799-1801	*L'odeur de l'herbe*, Editions Julliard.
**	1936	*Une vie de château*, Editions Flammarion.
***	1938-1939	*Chère Aglaé*, Editions Flammarion.
	1940-1974	*Les miettes célibataires*, Editions Gallimard.
**	1941-1942	*La sourde oreille*, Editions Julliard.
	1944	*Mon village à l'heure allemande*, Editions Flammarion.
	1944-1945	*Clio dans les blés*, Editions Amiot-Dumont.
	1945-1946	*Fragile*, Editions Flammarion.
***	1951	*Un Noël à la tyrolienne*, Editions de Flore, Moray.
***	1955	*Usé par la mer*, Editions Julliard.
	1958	*La peau des zèbres*, Editions Gallimard.
	1961	*Tous nés d'une femme* (*La peau des zèbres*, II), Editions Gallimard.
	1986	*Un prix d'excellence*, Editions Gallimard.

Chacun de ces livres peut être lu indépendamment des autres. Mais l'auteur souhaite que son lecteur, aspiré par l'envie d'explorer le roman dans son entière orchestration, s'aperçoive que chacune des parties, alors concertantes, gagne d'être replacée dans l'ensemble.

** Réunis dans « Hermemont 1 » (Julliard).
*** Réunis dans « Hermemont 2 », (Julliard).

Essais

Ma moitié d'orange, Editions Julliard.
Musique I : Pour Balzac et quelques autres, Editions Julliard.
Musique II : Tout feu tout flamme, Editions Julliard.
Les plus belles pages d'Eugène Sue, Editions du Mercure de France.
Questions au cinéma, Editions Stock.
Cinéma I : Des yeux pour voir, U.G.E., « 10 × 18 ».
Cinéma II : La nuit complice, U.G.E., « 10 × 18 ».
Cinéma III : Ombre vive, U.G.E., « 10 × 18 ».
Cinéma IV : L'écran fertile, U.G.E., « 10 × 18 ».
Cinéma V : La lumière écrit, U.G.E., « 10 × 18 ».
Cinéma VI : L'obstacle et la gerbe, U.G.E., « 10 × 18 ».
Histoire I : La Révolution de Juillet, Editions Gallimard.
Histoire II : Eugène Sue, dandy et socialiste, Editions Hachette.

Chantefable

Va dire au lac de patienter, Editeurs Français réunis.

ACHEVÉ D'IMPRIMER
SUR LES PRESSES
DE L'IMPRIMERIE S.E.G.
33, RUE BÉRANGER
CHATILLON-SOUS-BAGNEUX

N° d'édition : 4938
Dépôt légal : 4e trimestre 1989
Numéro d'impression : 4518